U0664637

汪曾祺文集

书简

致朱奎元
致沈从文
致黄裳
致朱德熙
致施松卿

汪曾祺——著
林贤治——编选

SPM 南方传媒 | 花城出版社
中国·广州

图书在版编目（CIP）数据

汪曾祺文集. 书简 / 汪曾祺著 ; 林贤治编选. -- 广州 : 花城出版社, 2024.1
ISBN 978-7-5360-9653-0

Ⅰ. ①汪… Ⅱ. ①汪… ②林… Ⅲ. ①汪曾祺（1920-1997）－文集②书信集－中国－当代 Ⅳ. ①I217.2

中国国家版本馆CIP数据核字(2023)第001408号

出 版 人：张 懿
丛书策划：肖延兵
责任编辑：黎 萍 许阳莎
责任校对：李道学
技术编辑：凌春梅
装帧设计：李炜平

书 名 汪曾祺文集．书简
WANG ZENGQI WENJI. SHUJIAN
出版发行 花城出版社
（广州市环市东路水荫路 11 号）
经 销 全国新华书店
印 刷 广州市岭美文化科技有限公司
（广州市荔湾区花地大道南海南工商贸易区 A 幢）
开 本 880 毫米 × 1230 毫米 32 开
印 张 63.5 24 插页
字 数 1,403,000 字
版 次 2024 年 1 月第 1 版 2024 年 1 月第 1 次印刷
定 价 298.00 元（全六册）

如发现印装质量问题，请直接与印刷厂联系调换。
购书热线：020－37604658 37602954
花城出版社网站：http://www.fcph.com.cn

1997 年初，在云南

1

2

1. 1995 年秋，与林斤澜（左）在温州

2. 1997 年初，与邵燕祥（右）在云南

1 

2 

1. 1993 年，与夫人施松卿在海南
2. 1995 年 10 月，与夫人施松卿在温州

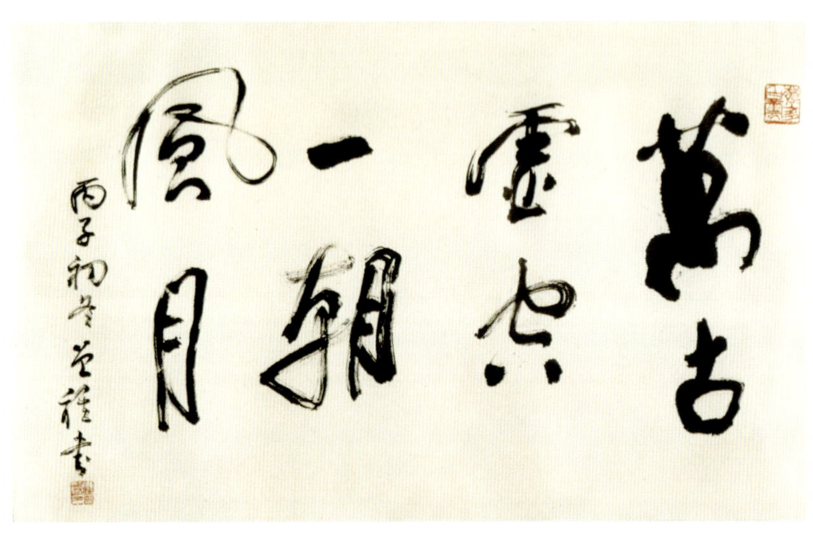

书法

目录

致朱奎元[①]

一

（一九四三年□月□日）

奎元：

我大概并未神经过敏：我们之间曾经发生过一点小小不愉快事情。

我两天来一直未能摆脱此事，则知你的生活也未必不受此影响。这点事实与推想，教人明白我们过往这些日子并未白费，证明我们关系并未只是形式。我非常自然的想到你与冯名世。思想范围既已不粘着在那件完全出于偶然事情上，心境便清爽平和得多。而觉得不可避免的冲动实在不应当支持下去。人有比自尊更切需的东西。

我把一向对你的了解在心里从新誊清一次：你的性格，你的生活历程，你近日来的情绪，大概排比一下，对你的言行似乎更能同情。——你觉得“同情”两字有点刺伤你的骄傲么？所幸我自知并未居高临下的说这句话。

另一面，我也尽能力分析一下我自己，也并未懊悔。你相当知道我的随便处与严肃处。知道我对于有些事并不马虎。尤其，我近

① 朱奎元（一九一五—二〇一一），江苏高邮人。汪曾祺高邮中学同学。先后在菱塘小学、高邮中学、上海同济大学等学校就读，并辗转于云南、台湾等地经商，曾任台湾华通股份有限公司董事长。

来感情正为一件事所支配，我愿意自己对一些理想永远执持不变，并且愿意别人也都不与我的理想冲突。这两天最好我们不谈起有关女孩子事情。

因为想这些事，也联带想起许多别的事。我甚至于想到一生的事情，一切待面谈，写信有时免不去装腔作势。

我十二点钟来找你。怕你明天早晨不在，才写信。

明天也许在决定我生活方向上是一个相当重要的日子：我们系主任罗先生今天跟我说，先修班有班国文，叫我教。明天正式决定。他说是先给我占一个位置，省得明年有问题。这事相当使我高兴。别的都还是小，罗先生对我如此关心惠爱，实在令人感激。联大没有领得文凭就在本校教书的，这恐怕是第一次。

好，十二点钟等我。

曾祺

二

（一九四四年四月十八日）

奎元：

……[1]

偶闻吴奎说调笙师已婚娶生二子，兹事前未之闻。则你寓居景况又当与原来设想者稍异。灯下不少谈笑，山头无由杖策，为得为失，诚未可知，李小姐亦是初中同学，或尚依稀记得我小时模样，尝谈及否？

调笙师风采何似，想即略白发，未若我多，问亦思家不。谨为候安。

我被“朋友”逼往南英中学教书。唬小孩子，易易事耳。现已上课半月，不知校方何以忽发奇想，要撤换原有训育主任，以我承替。奎元知我放浪不理政事，且尚计自读书，写我大作，必不应之也。我以“名士派”为辞，愿依然作闲人。

三月之后，缅北，印度雨季收稍，战事将有进展，我仍想各处看看。“门前亲种柳，生意未婆娑”，曾祺非甘老大人，奎元其赞而勉之。事未决成，亦不必为调笙师谈起，然亦不必不为之说起矣。

振邦处一共去了一次，而去了是为了借钱救急。此无人识，吾

① 此信开头缺页。

其将信唯物论！然幸勿为奎元喋喋。

欲赴海口之愿，持之有日，然竟何日始得见阿宁也！我事多为此蹉跎，恨恨，复羞与人言。“固穷”之苦，良非易忍。

陈淑英如何了？曾与振邦言去海口，去海口者，只一句话耳。然奎元不必为此不高兴，女孩子类多如此，一心在口曰唯唯，一口在心旋曰否否。然而《一捧雪》的莫怀古不言之乎：“有这两句话，也就是了。”当以读诗心情信其当时之真，不必以看小说心情直指其日后之虚也。你不是曾说过，要回忆，回忆向是断章取义的，欣赏可也。当出之以原谅，且连原谅亦不必也。得作痴人，斯能免俗，此义奎元当笑颔之。

睡眠不足，营养不良，时亦无烟抽，思酒不得一醉，生果为何事乎？其佳写信。

曾祺

四月十八日

三

（一九四四年四月二十四、二十五日）

奎元：

你走的那天是几号，我不知道，是星期几我也不清楚，我近来在这些普通事情上越发荒唐的糊涂了，我简直无法推算你走了已经多少时候。幸好你自己一定是记得的。你记得许多事情，这一天恐怕将来任何时候都在你心里有个分量。什么时候我忽然非常强烈的想知道我们分别了多久，你一定能毫不费事的告诉我。我放心得很。我想问的时候一定有，但不知那时还能够问你否。我近来伤感如小儿女，尽爱说这种话，其实也就是说说，不真的死心眼儿望多么远处想。你大概不以为怪吧。

你动身时自己也许还有点兴奋，这点兴奋足以支持你平日明快的动作，就像阴天的太阳，可以教人忘记阴天（太阳只是个比喻，你走时是下点点雨的）。我是一夜未睡，恍恍惚惚的，脑子里如一汪浊水，不能映照什么，当时单看到那点太阳（那些明快的动作）。连动作其实比平日慢了些也不想到，所以还好。振邦怎样，我不知道，我是一车子拉回来就蒙头睡了。那一阵子应当难过的时间既过去，也就没有什么了。人总是这样，一种感情只有一个时候。以后你如果要哭，你就哭，要笑，就笑吧，错过那个神秘的时候，你永远也找不到你原来的那个哭，那个笑！

我自然还是过那种“只堪欣赏”的日子。你知道的，我不是不想振作。可是我现在就像是掉在阴沟里一样，如果我不能确定找到一池清水，一片太阳，我决不想起来去大洗一次。因为平常很少有人看一看阴沟，看一看我，而我一爬出来，势必弄得一身是别人的眼睛了！你不了解我为什么不肯到方家去，到王家去，不肯到学校里去，不肯为你送那张画片？但是除了南院之外，我上面所说地方差不多全去了，我是在一种力量衰弱而为另一种力量驱使时去的。于此可以证明，我并非不要生活，不要幸福。自然，你路上会想到我，比平常想到时更多。平常，我在你的思索中的地位是西伯利亚在俄国，行李毯子在床底下，青菜汤在一桌酒筵上；现在，正是那个时候，你想起我的床，我的头发，我的说话和我的沉默了。所以，我告诉你这些。你希望我下回告诉你另外一些东西，希望我不大想起你那座小楼（因为我常常想起小楼时即表示我常想到那里去，表示我不能用另一个地方代替它）。

我缺少旅行经验，更从未坐过公路车子，不能想象你是如何到了桐梓的。我只能从一些事情连构出你的困难：一个人，行李重，钱不多……这些困难是不可免的，必然的，其他，还有什么意外困难么？昆明这两天还好，没下雨，你路上呢？车子抛锚没有？遇险没有？挨饿没有？招凉没有？这些，你来信自然会说，我不必问。

到了那边怎么样呢？顾先生自然欢迎你，不然你没有理由到那里去。自然也不欢迎你，他信上说得很明白恳切。你必不免麻烦到他，这种出乎意料的事，照例令人快乐，也招人烦恼。我不知道你所遭到的是什么。如果他的招待里有人为成分，希望你不必因此不高兴。如果他明白他的麻烦的代价是非常值得的，以那种小的麻烦换得十分友谊，减少一点寂寞，他会高兴的。

我信到时，你的预定计划不知开了头没有？你必须在计划前再加一笔，就是如何计划实行你的计划。这几天的浪费是必须的，一些零零碎碎事情先得处理好，就像住房子，吃饭，都得弄好，然后你才能念书，才能休息。这些琐屑事情，你比我会处理，大概不会因此生气。你的生活情形自然会告诉我的。

你要我写的文章，一时不能动手。你大概不明白我工作的甘苦。文章本身先是一个麻烦。所写的题目又是一个麻烦。我如果对一个对象没有足以自信的了解，决无能下笔。你有许多方面我还不知道，我知道你不少事情，但其中意义又不能尽明白。我向日虽写小说，但大半只是一种诗，我或借故事表现一种看法，或仅制造一种空气。我的小说里没有人物，因为我的人物只是工具，他们只是风景画里的人物，而不是人物画里的人物。如果我的人物也有性格，那是偶然的事。而这些性格也多半是从我自己身上抄去的。所以我没有答应你一时就写出来。这并不是说我不答应给你写一点东西。你等我自己的手眼进步些，或是改变些，才能给你写个长篇。不然我只能片面的取一点事情写点短东西。而，不论长短，我仍旧不会用我的文字造一个你，你可以从其中找到你就是了。我的迟迟著笔和絮絮申说，无非表示我对于你的希望和我的工作都看得很重。我看重我的工作，也正是看重你的希望。

任振邦自然会写信给你，我要告诉你的事情他自己会说。我对这宗事有点直觉上的悲观。他的“懦弱”实正并不是懦弱，这点我倒是相当欣赏的。现在这点懦弱已经由你、由陈淑英，自然也由他自己除去了，可是我更相信他的事情仍和常见的事一样，在开始之前就结束了。我老实说这回事不是我所向往的，赞赏的。我梦想强烈的爱，强烈的死，因为这正是我不能的，世界上少有的。他的事，跟我的事（不指哪一桩事）是世俗的。这种世俗的事之产生由于不承认每个生命的庄严，由于天生中的嘲讽气质，由于不得已的清高想法，由于神经衰弱，由于阳痿，由于这个世纪的老！你知道我并不反对他的事，正如我不反对我自己的事一样。我所以悲观，正因为这是无可奈何的事。我们能做的，只是在这个整个说起来并不美丽的事情当中寻找一点美丽了。这点美丽一半出于智慧，一半赖乎残余的野性。野性就是天性。我的小说里写的是这种事情，我也以这种事情鼓励人，鼓励我自己。

今天早上做了一个梦，梦见我父亲到昆明来了。他不知怎么迳去找了L家孩子，自然你可以想见昆明在我的梦里着色了，发光了，春天是个完全的春天了。好玩得很。醒来我大回味一气，于是忘了去吃饭，于是饿到下午三点半！这就是我，我是个做梦的人。

吃了饭，在马路旁边沟里看见一个还有一丝气的人。上身穿件灰军装，下面裤子都没有。浑身皮都松了，他不再有一点肉可以让他有“瘦”的荣幸。他躺在那里，连赶去叮在身上的苍蝇的动作都不能做了。他什么欲望都没有了吧，可是他的眼睛还看，眼睛又大又白，他看什么呢？我记得这种眼睛，这也是世界上一种眼睛。英国诗人奥登写一个死尸的眼睛，说“有些东西映在里面，决非天空”，我想起这句诗。我能做什么呢？现在他大概硬了，而我在这里写他。我不是说我是写“美丽”的么？

而这回事跟我的梦在一天。

我不知道为什么要告诉你这些。我也想到我的死填沟壑，但我想这些事情，不是因为想到自己的死。你也想到这些事么？你应当想想，虽然我们只能想想。

我好久不写这种散漫的信了。我先后所说各事，都无必然关系。要有关系，除非在你把它们放在你看完之后产生的感想上。这个感想，可能是：这个人是消沉的。

我不知道我是否消沉，但是我愿意说我，不。

好了，我又犯了老毛病了。我这是干什么，我咳嗽了三四天，今天头疼不止，到现在还不睡觉，写这种对于谁也无益处的信！

问候顾先生。

曾祺

廿四日夜三时

为你的紫藤花写的那几句东西想改一改，自然一时不会抄了送去，也许永远不会。我的灯罩不知何日动工，至少总得等我不常常饿到三点半的时候。海口自然去不成。任振邦教我常常去玩玩，给他讲讲词，我也没有去，穷得走不动也。你在张静之处小说也没有去取。刚才以为要病倒了，还好，不至于。我怕生病甚于死。死我是不怕的。

信写完，躺下时我记得你是星期六走的，你跟徐锡奎说过“我自然走，我星期六就走！”

廿五日

四

（一九四四年五月九日）

奎元：

前天晚上十一点多钟文林街上遇见振邦。当然他那天在文林街决不止过了一次了。他问我要不要钱，借了一千元给我。一路走，谈起的不外是那几个人，那几回事，都是熟的。有一桩事，要说也是熟的，可是听是第一次听见。你把这次的旅行真弄成个旅行了？你想还记得，你说过的。一切作风，真是你。你很可以写一篇崭新的论文，“花溪与道德”。我说论文，不说小说，说诗，是尊重这个题目的庄严性。我向来反对开玩笑。我想知道你的行动有些什么“理”作底子。你的故事里浸染了你那种人格。

自然，现在，事的意义作用价值都还与事混在一处，未能泌发出来。那你先说说这个故事。故事如未能周细析说，说说那个人。你让我写文章，这倒是可以写文章了。我要写，一定从你在昆明写起。而且，一定把你写得十分平凡。你愿意如此还是不？

我还是那样。平平静静，连忧愁也极平静。一月来，除了今天烦躁了半点钟，其余都能安心读书做事，不越常规。即是今天，因为连着写了五封不短的信，也差不多烛照清莹，如月如璧了。语或不免过实，但也仿佛不离。教书情形还好，只是钱太少，学生根基不好，劳神又复得失不相偿。但愿这两方面有一方面能渐改好。我读了几本昆虫学书籍，对小东小西更加爱好。这是与平静互为因果的。百忙中居然一月写了三万字，一部分是自传，写我的家，我的教育，我的回忆和“回忆”；另一部分仍是自传，写近一年种种，写那种将成回忆的东西。前一部分平易明白，流活清甜，后一部分晦涩迷离，艰奥如齐梁人体格，所以然者，你很清楚。

唉，要是两件事情不纠着我，我多好。像这样一辈子，大概总应有点成绩。第一，钱。你或许奇怪我应当说，第二，钱。你以为我第一要说别的。诚然，可是说钱者说的是我父亲。穷点苦点，那怕就像现在，抽起码烟，吃起码以下的饭，无所谓。就像前天，没碰到振邦以前我已经饿了（从十一点到十一点）十二小时，而我工作了也比十二小时少不多少。振邦看见我时我笑的，真正的笑，一种“回也不改其乐”的喜悦，（跟你说，不怕自己捧，）他决想不到我没吃着晚饭。就像这样，我能支持。我不能支持的是父亲对我的不关心，甚至不信任。就像跟你的拨钱的事，你万想不到我为之曾茹含几多痛苦。这与你无关，正如你为这笔款子所受痛苦不能怪我一样。你知道我对我父亲是固执地爱着的，可是我跟他说话有时不免孩子气，这足以使他对我不谅解。而且我不能解释，这种误会发生是可悲的，但我只有让时间洗淡它。因为我觉得我一解释即表示我对他（对我）的信任也怀疑了，而且这种事越解释越着痕迹，越解释越增加其严重性。没有别的，我只有忍着。我自己不找人拨钱，要等父亲自动汇钱给我，因为这么一来，一切就冰释了。自然我现在已经过日子不大像人样，必不得已，我只好先拨一点。（我一面跟你这么说，一面我已经想法拨了，虽然是懒懒的，因为我总得活）可是我父亲如果一直不如我所想，自动汇钱给我，我也决不怨他。莫说他不会，当然我和你一样知道他不会。可是他不汇，是因为别的，你可以像我一样制造出许多理由来。对我说假话，也好，莫说一句伤我心的话。而且你说的假话不假，他一定的，一定在他最深的地方，在他的人性、父性，他的最真实的地方有跟我一样的想法。他关心我，也信任我，我所以怕他不正因为他曾经是。

我多复杂，多矛盾，你懂我。这些想法，反反正正常拉住我，像哪张电影里的那锅糖，把我粘住了。

现在说第二。第一第二不以轻重分，因为这其间无轻重可言。

我从来没有说过L家孩子一句抱怨的话是吧？现在，我的欢喜更是有增无已。我自从不找她以来就没有找过她。我没有破坏我的约言，（她在曲靖时我写信催她回来，说，回来至少可以不看我这些冒冒失失噜噜苏苏的信）我没有写一个字给她，虽然我是天天想去找她，天天想写信给她的。我常常碰到她，有时莫名其妙的紧张，手指有点抖，有时又像是什么也没有发生过，虽然都不说话，但目光里有的是坦白，亲爱。若是我们两个都是单独的，则相互看着的时间常会长些，而且常是温柔（你莫以为肉麻，我说温柔是别于激动）的笑一笑。我们不像曾经常在一处又为一点心照不宣的事摔开了，倒像是似曾相识，尚未通名，仿佛一有机缘就会接近起来似的。

当然我有一天会去找她。我想她会毫不奇怪的跟我出来。过去那点事本来未曾留什么痕迹，现在当然不必提起。也许再过好些日子，到我们可以像说故事一样说起这一桩事，彼此一定觉得极有意思，大概还要羞着玩。如果我再去找她，一定是像找一个还不怎样认识的人一样，而我的等待，也正是等待那一个时期，像等一只果子熟了。纪德说：

第一的德性：忍耐。

我与纯然的等待全不相干，宁与固执是有点相似的。他算把我说对了。然而，我不是睿智的哲人，我有我的骚乱呵。就像今天半小时（何止！）的烦躁，我有甚理由可以解说。

我这一类话一开头就没有完，你腻烦不？

祝福

曾祺

五月九日

五

（一九四四年五月二十二日）

奎元：

收到来信，已近一周。我早想给你写信，远在你信到以前就想写了。可是我没有。我试动笔两次，都不知道说了些什么。也是因为近来相当忙碌。我又得教书，又得写文章。教书不易偷懒，我在一个制度之中，在一个希望之中，在一个隐潜的热情环围之中。写文章更不能马虎，我在这上头的习惯你是知道的，你知道我多么矜重于这个工作，我像一个贵族用他的钱一样用我的文字，又要豪华，又要得体，一切必归于恰当。因此，我的手不够用，虽然我的脑子，我的心是太充沛，太丰足，我像一个种田人望着他一地黄金而踌躇。大体上说来我的精神比较你走开时年青得多，我直接触到许多东西，真的，我的手握一个东西也握得紧些了，我躺在床上觉得我的身体与床之间没有空隙，处处贴紧。然而因此我也没法写信。

连烦扰也年青了。

昨天晚上细雨中回来，经过一座临街小楼，楼窗中亮着灯火，灯火中有笑声，我一听就听出来，那是L家孩子。我想，我把手上那个纪念戒指扔进去。我想那戒指落在楼板上，有人捡起来，谁也莫明其妙，她是认得的，……我简直听见戒指落地的声音，可是我一路想着已经到我的巷口了，虽然我的戒指已经褪在手里。

昆明又是雨季了。据说昆明每隔五年，发水一次，今年正是雨多的时候。你还记得我们来昆明那年，翠湖变得又深又阔，青莲街成了一道涧沟，那些情形不？今年又得像那个样子了。那，怎办？

独立小廊前，看小院中各种花木在大雨中样子，一时心中充满忧郁，好像难受，又很舒服，又蹙眉，又笑，一副傻相，一脸聪明，怪极了。

我认识L家孩子正是去年雨季中程未艾时，那个时候就快来了。想想看，快一年了，真快！我住这个小院子里也快一年了。院中各种花一一依次开过，一一落去，院中不住改换颜色，改换气味，这些颜色气味中都似溶有我生命情感在内。现在珠兰的珠子在雨里由绿而白了，我整天不大想出去。远处有鸟雀叫，布谷鸟听来永远熟悉，雨也许小了点，我或许又会漫无目的的出去走走。一切自自然然的就好。

（有一天大雨中我一个人在翠湖里走了一黄昏，弄得一身水，一头水，水直流进我眼睛里去。）

我已经够忙了，但我还要找点事情忙忙。我起始帮一个人编一个报，参与筹谋一切。我的小说一般人不易懂，我要写点通俗文章。除了零碎小文之外，有计划写一套“给女孩子”，用温和有趣笔调谈年青女孩子各种问题。现在正在着手。印出来之后寄你看看。

我并未放弃暑假出去走走打算。不过这件事与我的编报不相妨碍。那个主持人很能干，有眼光，我只要看他弄得上路了，随时都可以放手。

密支那克服了，我高兴。不过我不一定到那里去。也许我跟一个人徒步到滇南滇西一带玩去。若能坐驮运车，随处游览，自然也好。

我还是穷。重庆那笔钱已经接洽好，我已经接到家里信，说已送了去，可是那边一直不汇来！不过不要紧，我已经穷出骨头来，这点时候还怕等吗。你只要想我不久就可稍稍阔起来，有两件新大褂，一双皮鞋，一双布鞋，有袜子，有手绢，有纸笔，有书，有烟，有一副不穷的神情，就为我高兴吧。

我想给你买两本书，我知道你要书。即使你不要，我也要寄给你。我不能设想没有书的生活。

你的国文，我以为没有一个具体办法或简便办法很快的弄得很好。不过是多看，多写。而且，乱看乱写。随便什么都可入之于目，出之于手，只要是你喜欢的。因为我们已经大了，所喜欢的即便不是最好的，也是不坏的。而且我像你自己所信任的一样的信任你，你有taste[①]。

你的信虽然乱些，仍是生动的，言之有物的。

至于文言，那是容易事情。如果你愿意，你可以写点东西，我逐篇看看，改了再给你寄回去。

我十分想念阿宁。我每天想去看L家孩子，每星期必想到去看阿宁。你考虑她的教育，自然很是。不过往回一想，又觉得没有什么严重。而且谁能于此为力呢？换一个环境，换一种教育，一定会比这样好些，好得多吗？真正贤明的教育家怕也会踟蹰。

我告诉你，我那笔钱中有一个用处早在计划中了，就是到海口

① 作者书信中使用了大量的英文，为保证史料的原始性，保留英文原貌，全书不注。

的旅费，阿宁的糖果玩具和书。

昨天路上看到阿宁姨娘，她在车上认出了我，我装作没有看见她，装作我不是我。

我老是装作不是我的。

有一次方继贤太太不是说我没有招呼她吗？我说我没有看见她。我没有看见才怪！

不行了，我要出去走走，虽然雨又大起来了。

你看我的字，我一直没有把心弄得像L家孩子的头发一样平伏，我的心像陈淑英的走路一样。

谢谢你那个用三个人照顾我的心。其实我会照顾自己，只要不穷。我想写两个长篇小说，像这样的生活可没法动笔。能有张静之家西山那座房子住着，我一定写得出来。

把张小姐照片给我看看。我的报出版，文章印出来会寄她一份。

曾祺

五月廿二日

六

（一九四四年六月九日）

奎元：

我心里还是乱的很，本来不想写信。若不是有点事情找你，大概你至少得再等一个星期才会收到我信。（自然写信也不一定在平静时候，可能更短期内，我会想起一点话跟你说，只是不容易说得好，说得有条有理的；虽然你也许从此处能了解我的生活，我的心。）我根本不对现在所写的信抱一点希望，而且我早已很疲倦了，这时候倒是应当读别人来信的。所以，这封信算是“号外”。你等着下回。

第一，我被我的思想转晕了，（你设想思想是一辆破公路上的坏汽车，再想想我那次在近日楼的晕车！）我不知是否该去掉一向不自觉的个人主义倾向，或是更自觉的变成一个个人主义者。或者，我根本逃避一切。话说来简单，而事实上我的交扎情形极端复杂，我弄得没有一个凭对澄清的时候，我的心里的沉淀都搅上来了。

最近的战争也让我不大安定，这个不谈。

我的虚无的恋爱!

报纸事情不大顺利。

我穷得更厉害。

土司请我去作客卿，有人劝我不要去。因为那边法律跟我们不一样，可能七年八年回不来。

……

种种原因，使我的文章都写不下去了。我前些时写的几万字的发表搁置消毁都成了胸中不化的问题。

现在，说我那件“事”：

审查处现在是司徒掌大权，陈保泰不大管事。我们这个报不免跟他打交道，他又是专“刻”刊物的。你能否给我写封信给他？再写个介绍信给我，我好去找找他，让他帮帮忙？

陈淑英的恋爱观也许太健康，太现实了。我在振邦处看见她的信，那么一泻无余，了无蕴藉的，令人不能完全欣赏。她说她是“热带人”，我觉得热带人应当能燃烧人心，她似乎不大有意如此，而且又不固意不如此。自然我是空话。我近来觉得女孩子都不够深刻，不肯认真。

振邦处我最近去了一次，把你给我的信带给他看看。

我近来不好，对任何人任何事都不能完全欣赏。我渴望着崇拜一个人，一件事。

你见过蛇交么？我心里充满那么不得了的力量。

我的身体是否还好？它能否符合我的心，会不会影响我的心？

我现在是不正常的，莫相信我，我不是英雄主义者。

我想喝酒，痛痛快快的。

激烈的音乐！

我的嘴唇上需要一点压力！

曾祺

六月九日

信寄民强巷四号

七

（一九四四年六月二十二日）

……[1]厂看看，顾善余知道什么会告诉我，到时候再写信给你。你说要写给陈保泰的那封信，纲目什么时候写好寄给我好了。现在且不必老是想这些。希望你真能休息休息，过几天清净舒服日子。几个德国牧师的宗教思想即使不能影响你，他们的宗教生活，尤其是日常生活，应当能使你比较闲淡一点，潜沉一点。学学挤牛奶，种菜，蒸蛋糕，也许比读几本德文书更对于你有作用。

你觉得你在血属中，只承接母亲的遗传。我觉得不。我记得以前也跟你说过。上次听你谈起你父亲，我更肯定自己的意见。你和你母亲的关系也许较切较重，但是是较简单的。而你和你父亲在精神上的关系是比较复杂细致一点的。他给你影响不会很强烈鲜明易于看出，易于记得（如你母亲）。但潜移默化之中，他实在融染了你的性格。——自然他的影响于你的，本质上就多是不流露出来的。我想也许你应当看重这一些。这些性格在你做事上会有帮助，在你生活上也会起滋润作用。至少，现在，你似乎就很需要这点性格。你有的，只要你拿出来。我的印象中，你父亲是个好脾气的人，他会喜欢“好玩”“好看”的东西。学着他，你不致整天起

① 此信为残简。此处缺页。

“燥”。“gentle”这个字，我想与“好玩”“好看”是相关的。

曾祺

廿二日

问候许牧师

我有一张上下有油印花边的纸忘记在你那件西装里面口袋里，请寄回给我。

奎元：

廿二日我给你写了一封信，至今尚未寄出。中午到工厂，顾善余却交来你的信，非常高兴。（我年来写信，很少用“非常高兴”这几个字，这回用了，是表示真的非常高兴。）第一，你能动笔写信，足见心境还不坏，能写这种有些人觉得可以不写的信，尤可见心境比在城时好得多。自然十分宁帖还说不上，你不会整天悠闲忘物的，但是我想你每天总有心平气和时候，这种可贵的时候，你不下乡，不会有。再有，你的信虽然很短，写得真算不错。你的眼睛脑子相当够了，所差的也许只是笔，文字。而我觉得文字是不难弄好的。我想起你说过要学写文章的事，你不必认为不可能。自然，我并不劝你成为文章家或文人，你只要为自己写点什么，不为别的人或事。

——我不捧你，比如：“配了白台布上的紫色花纹，我的表更外显得亮了，”这一句放在哪篇大作中，也不至逊色。

工厂情形，顾善余想已写信告诉你。陈保泰真有意思，居然想起来要顾善余引见王树年跟王，（王什么？唉，我这记性！）去了，还告诫了一番。那天刚好王什么发疟疾，陈保泰一板正经的“讲演”，他在底下不住的抖，情景想来大是好玩！那天，他说起你的事情，都无一句入木三分切中要害的话，无非是“公文程式”，最精彩的是“年青人做事哪能这样，你们看我！……”另外还有些极不是一个主管长官该说的话，诸如“工厂里用两三个女人”之类，顾善余教我不要告诉你，我也不想告诉你。不是因为他的顾忌，是觉得写来肮脏，至少与你的“台布，花，同墙上的画”不相称！而且我也没有用心记住。哪一天你回来，大家倒可以当个下流笑话谈谈。真怪，陈先生这种人实在让人起滑稽之感。

你最好还是回来一下，把手续弄弄清，徐燮煌说有一笔账须等你回来报。顾善余也好像有点负不起这个担子。徐先生凡事皆少决断，顾善余问他什么事，他总说等朱先生回来再说。

…………[1]

① 此信为残简。此处缺页。

八

（一九四四年七月□日）

奎元：

振邦不在家，我偷 看了你给他的信，觉得你过得不坏。

我没有更好的法子报告我的生活。只有说，这是一种无法写信的生活。

我近来老是在疲倦之中。你在的时候，我常常开夜车，每天多是睡六七小时，可是我那时的精神并不坏，我的红眼睛里看“□□□”，现在，不行啦。我老是忙，老是忙。事情当然也多些，不过真忙的是我的心。我时时有“汨余若将不及兮”之感，时时怕耽误事。真怪，如果我仍然像以前一样浮云般的飘来荡去，未始不可以，可是我不想那么做。即使真在飘荡时我也像一朵被风赶着的云，一朵就要落到地上变成雨的云，我不免感到时间和精神都不够用了。

这一个星期以来，我常常随便倒在什么地方就睡熟了。然后，好像被惊醒似的又跳起来。我不时发一点烧，一点点，不高。还好，不是一定时候，不在下午。

我伤风咳嗽，头昏昏的。

我要安定，要清静。这一向我整天跑，跑市政府，跑印刷局，跑报馆，跑这个那个。我得不偿失，我简直没有念一本过三百页的书，没有念一本好书！

好了，学校马上放假，我比较闲些了。至少第一天晚睡第二天可以不必起早。那时候报可以出版了，以后只须集稿，送审，付排，不用各处求爹爹拜奶奶的。姐姐的钱即可寄到，我另外还可弄得一点钱，我可以稍稍舒服的过点日子。我没有理由那么苦修，是不？没有理由，没有！

当然，我可以看看阿宁去了。我现在忙得连想她的时候都不多了。

当然，我可以给你好好的写信了。

当然，我可以读书，写文章，我可以找我冤家去了。

“干杯干杯”，为我的解渴的幸福“干杯”！

不过事情也许不尽然。第一，我现在很担心战争。你莫笑，我许把自己送到战争里去。我现在变得非常激烈。

再则，那个迤南土司三顾茅庐，竭力望我去。（去做什么，我也不大清楚，大概他自己也不大清楚。）冤家如其仍旧是冤家，我一憋气，许会真到山里作隐士去。瘴气，管它！性命危险，管它！我的“不忠实盲肠”，管它！我的小肠气，我的牙疼，我的青春，管它！

或许，我到军队中作秘书去。

或许，我会到一个大学里教白话文习作去。

或许，什么也不动，不换样子，我还是我，郎当托落，阑阑珊珊！

我想把未完成的“茱萸集”在我不死，不离开，不消极以前写成，让沈二哥从文找个地方印去。

为什么不来信！

为什么瞒我许多事！

我要抱一堆凉滑柔软的玫瑰花瓣子！

曾祺

我冤家病了，我去看了一次，她自然依旧对我那么（不能令我满足的）好。我明天想送她去住院，我的钱一时寄不到，只有向振邦暂借了。

九

（一九四四年七月二十六、二十七日）

奎元：

我近来心境，有时荒凉，有时荒芜。即便偶然开一两朵小花，多憔悴可怜，不堪持玩。而且总被风吹雨打去，摇落凋零得快得很。要果子，连狗奶子那么大一点的都结不出。这期间除了商量汇钱汇付事俗的小条子之外，我简则就没写什么。而正因为那些小条子写得比往日多，我便不能好好给人写一封信。这二者是不能并存的，你知道。我越想写，越写不成。扯了又扯，仍然是些空洞无聊局促肮脏的话，文字感情都不像是我自己的，这种经验你应该也有过。写的时候，自己痛苦，寄了出去，别人看了也痛苦。不必为我的生活和我的精神，就单是那种信的空气，就会让人半天不爽快，半天之内对于花，对于月亮，对于智慧，对于爱，都不大会有兴趣。所以你应该原谅我。你看，我给章紫都没有写信。

刺激我今天写信的，除了你，和我，之外还有张静之。下午，我在头昏，直接侵犯脚趾的泥泞，大褂上的污垢和破洞，白头发和胡子所造成的阴郁中，挟了两本又厚又重的书从北院出来，急急想回去戴上我那顶小帽子坐到廊下，对雨而读。迎面碰到三个女孩子，其中一个是张静之。这时候我是一个人也不想碰见的！但是没有办法，她已经叫了我，问："联大报名在哪里？"我只好把两本书放回去，陪她们去一趟了。一路她问起你，问你有没有信来。我嘴里回答她，心想，可该写一封信了。

我跟她走在一齐实在是个很好看的镜头！你只要想一想，一个不加釉的土罐子旁边放一朵大红玫瑰花。

我昨天晚上喝醉了，吐得一地全是。今天晕晕惚惚的一整天，我是苍白的，无神的，有黑眼圈的，所有的皱纹全深现了的，……

而她呢，藏青毛料夹袍，陈金色砌粉红花的coat，浅灰鼠色蝉翼丝袜，在我认识她以来，第一次看她穿着得如此豪华，第一次如此配称于她自己。她是新鲜的，夏天上午九点钟的太阳里的瓶供！老实说，今天叫住我的不是她而是她的美。她比以前开得更盛了。这是一个青春的峰顶。她没有胖，各部分全发育得结结实实的，发育得符合她的希望，许多女孩子的希望。她脸上本来不是隐约有点棕色的影子在皮肤底下么？现在，褪尽了，完全是水蜜桃的颜色，她像一个用丝手绢擦了又擦的水蜜桃。我相信她洗脸必极用力，当真右颊近颧骨处有一块表皮似乎特别薄，薄得要破，像桃子皮要破一样。她的口红涂得相当厚，令人起“熟了”的感觉，而且她涂了大红指甲油，这种指甲油是“危险的”，她破坏了多少美，而完成的却极不多，在她的手上则是成功的。她走路是大摇大摆的，而今天的脚则简直带点“踢”的意思。一句话，她充满了弹性。她是个压紧了一点的蓓蒂·格拉宝。

我可以料定，考试的那天，一定有好多人想问人“这是谁”，她引人注意就像是浑身挂了许多银铃铛的小野兽一样。如果可能，我那天就不躲起来，陪她在联大各处摇她的铃铛。我若不陪她，必定有个山芋干子一样的人陪她。那多不好。我得去作她的“背景”，如果没有更合适的。她让我到新邨去玩，过两天我也许去，看我这个冰其骨碌的人还能不能烘一烘。

这孩子简直是头“生马驹”，我无法卜测她的命运。她要读中文系，中文系跟她似乎连不起来。我告诉她“这个是个容易使人老了的系”，她离老还远得很。她是饱满的，不会像王年芳那样四年之中如同过了十年一样。我想起顾善余，他现在还记得她么？

也许是可惜的，她的美似乎全在外面。我相信她不会喜欢却尔斯·鲍育。任一个导演还不会胡涂到这样让却尔斯·鲍育和蓓蒂·格拉宝演一个戏。你记得请她看《乐园思凡》么？——哎，你可别以为我是说我自己像却尔斯·鲍育。

好了，关于张静之应该不再说下去了。她考联大，也就是考了，考完了我就不会看到她了。

昆明的水蜜桃又上市了。今年试植比去年成功得多，我吃了一次，不算最好的。最好的有普通桃子那么大呢。你想得起那种甜么？那种甜味里浸着好些事情。跟你一齐吃过水蜜桃的有哪些人？吴丕勋，顾善余，阿宁，我，还有谁？我们有没有带桃子到西山去过？你前前后后想想，告诉我那时候的事，我记性坏得很。

阿宁大概回去了，我一想起心里就不舒服。

我跟L家孩子算吹了，正正式式。决不藕断丝连的。

下学期我下乡教书。

四点钟了，我该睡了。我气色近来坏极了，上次碰到吴奎，他劝我到医院里检查一下，星期天我许跟他一齐去。

昨天我醉酒吐呕时，除了吐了些吃的东西，还吐了一大堆一大堆黏痰，真怪，痰难道是在胃里的？

今天跟你写这封信，已经算难得了。我头疼，恕我把好些该写的话不写进去。明后天再看吧。

你该出来了，实在。

祝福

曾祺

七月廿六日夜

（实已廿七了。写这封信我一枝都没有抽）

十

（一九四四年七月二十九日）

奎元：

我这两天精神居然不坏，今天尤其好，这一下午简直可以算是难得的。这样的时刻，人的一生中也不会有很多次。原因微妙，难以析说，我自己也不大知道。可说者，我理了一次很合意的发，不独令我对头发满意，我将这满意推延到我整个的人，心里一切事皆如头发一样自然，一样服贴，都像我一样的“好看”。幸福，也许就是这么存在的。

你好久好久不给我信了。是生了一点气？但是我这回可不大怕，距离远着呢，你不会怂恿自己把这点别扭夸大“泡开”了。生气自是由于我不打电报不写信。我不要你原谅，因为这不是一件“事”，这是“人”，我从来不就是这样么？我们用“原谅”这一词汇时多是针指对方某一动作，某一言语，而这个动作或言语与他素昔作法不同，比如他本不刺伤人，而这次竟刺伤了，他本不粗俗下流，而这次竟似乎不大高贵。若是这个动作或言语已经是这人一向的风格形式，与这个人不可分，成为他的一部分，或简直是他整个的人了，那么如果不是不必原谅，就是不可原谅的了。我总不是不可原谅的吧？既不是，便也用不着原谅。所以，你应当给我来信了。

我十分肯定的跟你说，你必须离开，离开桐梓，离开那边一切。

我觉得那是个文化低落的地方，因为一个中人意的女人都没有。这是一个绝对的真理，文化是从女人身上可以看出来的。虽然女人不是文化的核心，核心是男人。这很简单，你走到一个城里，只要听一听那个城里的女人说些什么话，用什么样的眼色看人，你就可以断定这座城里有没有图书馆，有没有沙龙。你记得有一次来信说你也陪了许多女人出去玩过么？你只要回想一下那次经验！

那么一个地方，除了打算永久住下去，你不能有一刻不打算走。我不知道你的书念得怎么样了，即便念得很好，你也得离开。如果念得真好，你更该离开：因为你根本不是个念书的人。你之不能念书，正如我之作不了事情。我也还有点好动，正如你也还有时喜欢一个人静处，（像你在紫藤没有开花的时候）但是我的动和你的可不同。你的静是动的间歇，我的静则是动的总和。你必须出来，出来作点事。

你怀疑过自己，当然，像任何一个人。拿破仑也怀疑过自己。人不是神，不是动物，介乎这两者之间，也就永远上下于其间。有时神性升高，有时物情坠落。世界上本来原就不会有一个成功的人。但是我们所追求的也许正是那个失败。人总还应有自信。每个人都应有拿破仑一样的自信，而且应有比他更高的自信。因为拿破仑不过作了那么一点点事，我们比他低能的人若不自信，就怕什么事也作不了了。

我不担心你会狂妄，因为你还有自知。

我也没有希望过你成功，因为成功是个无意义的名词。人比一个字，一个名词所包含意义总要多些。

你有什么留恋的？除非你留恋那点胆怯和自卑。

我饿极了，要去吃饭。不久再写。

我的话说的有点过分，能够过分的时候不多，所以证明这一下午是难得的。

我想拍照去。

你想不想回昆明？

曾祺

七月廿九日

十一

（一九四五年六月十七日）

奎元：

我的时间观念一向不大靠得住，简直就不大有观念。计算某一事情，多半用这种方式：我还小，什么花还开着，雨季，上回我理发的时候，……真要用数字推求起来，就毫无办法。最近爱说：一年前。这一年是指我来乡下教书的日子，去年暑假我来，现在像又快到放暑假的时候，应是一年了，于是凡是在未来乡下以前发生的事情都归于一年前。收不到家里的信，和L家孩子在一起，又分开了，整夜不睡觉，……都算在一年前，和你不写信，也在一年前了。这个一年在我意识中实是个很长的时间。并不夸张，犹如隔世。因为一年前的事情都像隔我很远了，那些事情并未延蔓到这一年来，虽然事情的意义仍是不时咀嚼一下的。如鱼饮水，冷暖自知。事有一年，许多烧热痛苦印象都消失了，心里平和安静得多，愿意常提起那些事情，很亲切，很珍贵。

把你的旧信看了一次。觉得你是个有性情人，我想这句话就够了。

很想晓得你近来生活情形，你不必详细说这一年如何，只要把最近的写一点就行了，我愿意从最近的推测较远的。我简直不想提起你的炼钢事业，即在当时，我也久想劝你不必想得那么远，你当时也知道我的意思的，你每次谈话时，我的表情是抑制不住的。可是我尽你说，你也尽让我听，实在很好玩。人靠希望活着，现在还是否跟别人谈起呢？我愿意你还谈谈，虽然也希望你真能成功的。不过谈谈我以为更重要，因为事业是由人做出来的，而谈谈简直就是人，是人本身。你并不以留学计划为一件偶然事情破坏而懊悔，我知道的，但代替那个计划的是什么呢？还那么热心的谈电影，谈头发式样，谈女人衣着，谈翠湖那棵柳树，谈文学，谈许多不像个工程师所谈的东西么？许多事情上，你是有天分的，这种天分恐是一种装饰，一种造成博雅的因素，若不算生活，也是承载生活，维持人的高尚，你不能丢了。

我不愿意提起陈淑英。她对自己不大忠实。女人都不忠实她自己。

自然我要说及潆宁，以一种不舒服心情来说。好像你走了之后我就没有见过她。起先我还常想上她家里去，去问问她姨娘。后来简直不想了，因为知道总不会实现。你知道我在那种圈子里多不合适，现在我的情形，不合适，如情形转好，能像战前，怕也不合适。说真的，有点不大“门当户对”，我只可以跟潆宁单独来往，不与她的家庭，她的社会发生关系，这是可能的么？一个大人和一个小孩子？即是你，当时，对于那个孩子也是个童话性的人物，即不说是神话的吧。你说你跟她们家缔结了什么关系了么？恐怕这个关系只是那个孩子。而你还是那个时候的你呵。我喜欢那个孩子，我为这件事情不好受。有一阵十分想为潆宁写几篇童话故事，不过到我写成时，她恐怕已经在和男孩子恋爱了，那时一定连我的名字也记不起来。想起你时，以为是一个颇奇怪的人，在她一生中如一片光，闪了一下就不见了。关心她的身体，关心她的教育问题，还俨然看到她穿上一身白色夜礼服参加跳舞会的样子，实在都是一种可赞美的，也可悲哀的想头。我现在只想象你的铁路有一天铺到广东，以董事长身份受当地士绅名流招待，在许多淑女名媛中你注目于一个长身玉立，戴一朵白花的，而那个小姐（或是少妇了）心里很奇怪，这个人为什么老看我？或者，我有了一点名气，在一个偶然中于学术界有点地位，到一个大学演讲，作介绍词的正即是陈潆宁女士，我那天说话有点微微零乱了。……一切想来，很好玩有趣，但仍是可赞美的，也可悲哀的。

我在乡下住了一年，比以前更穷，也更孤独，穷不用提，孤独得受不了，且此孤独一半由于穷所造成，此尤为难堪。我一月难得进城一次，最近一次还是五四的时候。我没有找过任振邦，也久久不到冷曦那里去了。我的脾气你是知道的。冷曦将以为我是个不情之人。前些天，她要我画六张“儿童画”，我弄了三夜，结果仍是告诉她，我干不了。吴丕勋有一次通知我去上方瑾的坟，我亦因为被困而没有去。其实拼命弄钱是可以的，可是我没那份热心。我生活态度太认真，将成与世无谐。人是否应学学方继贤同鸣鸾一样过日子？“高处不胜寒”，近来老有演一次戏的欲望，因为演戏时人多热闹，“道不远人，因道而远人者，非为道也”，我应生活得比较平实，比较健康些。常在学校圈子，日日与书卷接触，人怕要变得古怪得不通人情的。

你和吴丕勋和好了没有？乡下牛很多，我以为牛是极可爱的。你不应对这位牛如此，对别人，对我是可以的。

前些时顾善余到昆明，现在大概还在，他贵阳的厂解散了，到这里来找事的。曾来我这里两趟，一次因事，一次是纯粹友谊的拜访。他来了，让我在“人与人之间”这个题目上想了许久。张太太还邀他上新村“坐坐”，他坐了一次就不再坐了，大概“坐不下去”。张静之在中法大学念书了，还是那个样子，更“饱”了一点。我想起你请她看《乐园思凡》，实在是一件很“滑稽”的事，片子和人太不调和了，请她看看蓓蒂·葛拉宝还差不多。

冯名世有信没有？

想要你一张照片，但你还是不寄给我吧，我一来就弄丢了。

快暑假了，下学期干什么呢？不胜惆怅。

曾祺

六月十七日

致沈从文[①]

（一九四七年七月十五、十六日）

从文师：

很高兴知道您已经能够坐在小方案前作事。——不知道为什么，我总觉得还是文林街宿舍那一只，沉重，结实，但不十分宽大。不知道您的“战斗意志”已否恢复。如果犹有点衰弱之感，我想还是休息休息好，精力恐怕不是一下子就可以涌出来的。勉强要抽汲，于自己大概是一种痛苦。您的身体情形不跟我的一样，也许我的话全不适用。信上说，“我的笔还可以用二三年”，（虽然底下补了一句，也许又可稍久些，一直可支持十年八年）为甚么这样说呢？这叫我很难过。我是希望您可以用更长更长的时候的，您有许多事要作，一想到您的《长河》现在那个样子，心里就凄恻起来。我精神不好，感情冲动，话说得很“浪漫”，希望您不因而不舒服。

刚来上海不久，您来信责备我，说：“你又不是个孩子！”我看我有时真不免孩气得可以。五六两月我写了十二万字，而且大都可用（现在不像从前那么苛刻了），已经寄去。可是自七月三日写好一篇小说后，我到现在一个字也没有。几乎每天把纸笔搬出来，

① 沈从文（一九〇二——一九八八），原名沈岳焕，湖南凤凰人，作家、文物研究专家。早年投身行伍，一九二八年以后，先后在上海、武汉、青岛、北京等地大学担任教职，同时写作不辍。抗战爆发后到西南联大任教，一九四六年随北京大学回到北平。新中国成立后，先后在中国历史博物馆和中国社会科学院历史研究所工作，主要从事中国古代文物特别是服饰史的研究。

可是明知那是在枯死的树下等果子。我似乎真教隔墙这些神经错乱的汽车声音也弄得有点神经错乱！我并不很穷，我的褥子、席子、枕头生了霉，我也毫不在乎，我毫不犹豫的丢到垃圾桶里去；下学期事情没有定，我也不着急；可是我被一种难以超越的焦躁不安所包围。似乎我们所依据而生活下来的东西全都破碎了，腐朽了，玷污萎落了。我是个旧式的人，但是新的在哪里呢？有新的来我也可以接受的，然而现在有的只是全无意义的东西，声音，不祥的声音！……好，不说这个。我希望我今天晚上即可忽然得到启示，有新的气力往下写。

上海的所谓文艺界，怎么那么乌烟瘴气！我在旁边稍微听听，已经觉得充满滑稽愚蠢事。哪怕真的跟着政治走，为一个甚么东西服役，也好呢。也不是，就是胡闹。年轻的胡闹，老的有的世故，不管；有的简直也跟着胡闹。昨天黄永玉（我们初次见面）来，发了许多牢骚。我劝他还是自己寂寞一点做点事，不要太跟他们接近。

黄永玉是个小天才，看样子即比他的那些小朋友们高出很多。他长得漂亮，一副聪明样子。因为他聪明，这是大家都可见的，多有木刻家不免自惭形秽，于是都不给他帮忙，且尽力压挠其发展。他参与全国木刻展览，出品多至十余幅，皆有可看处，至引人注意。于是，来了，有人批评说这是个不好的方向，太艺术了。（我相信他们真会用“太艺术了”作为一种罪名的。）他那幅很大的《苗家酬神舞》为苏联单独购去，又引起大家嫉妒。他还说了许多木刻家们的可笑事情，谈话时可说来笑笑，写出来却无甚意思了。——您怎么会把他那张《饥饿的银河》标为李白凤的诗集插画？李白凤根本就没有那么一本诗。不过看到了那张图，李很高兴，说："我一定写一首，一定写一首。"我不知道诗还可以"赋得"的。不过这也并不坏。我跟黄永玉说："你就让他写得了，可以作为木刻的'插诗'。要是不合用，就算了。"那张《饥饿的银河》作风与他其他作品不类，是个值得发展的路子。他近来刻了许多童谣，（因为陈琴鹤的建议。）构图都极单纯，对称，重特点，幼稚，这个方向大概难于求惊人，他已自动停止了。他想找一个民间不太流行传说，刻一套大的，有连环性而又可单独成篇章。一时还找不到。我认为如英国法国木刻可作他参考，太在中国旧有东西中掏汲恐怕很费力气，这个时候要搜集门神、欢乐、钱马、佛像、神俑、纸花、古陶、铜器也不容易。您遇见这些东西机会比较多，请随时为他留心。萧乾编有英国木刻集，是否可以让他送一本给黄永玉？他可以为他刻几张东西作交换的。我想他应当常跟几个真懂的前辈多谈谈，他年纪轻（方二十三），充满任何可以想象的辉煌希望。真有眼光的应当对他投资，我想绝不蚀本。若不相信，我可以身家作保！我从来没有对同辈人有一种想跟他有长时期关系的愿望，他是第一个。您这个作表叔的，即使真写不出文章了，扶植这么一个外甥，也就算很大的功业了。给他多介绍几个值得认识的人认识认识吧。

有一点是我没有想到的，他也没有告诉您。我说"你可以恋爱恋爱了"，（不是玩笑，正经，自然也不严肃得可怕，当一桩事。）他回答："已经结婚了！"新妇是广东人。在恋爱的时候，他未来岳父曾把他关起来（岳父是广东小军阀），没有罪名，说他是日本人。（您大概再也没想到这么一个罪名，管您是多聪明的脑子！）等结了婚，自然又对他很好，很喜欢，于是给他找事，让他当税局主任！他只有离开他“老婆”，（他用一种很奇怪语气说这两个字，不嘲弄，也不世俗，真挚，而充满爱情，虽然有点不大经心，一个艺术家常有的不经意。）到福建集美学校教了一年书，去年冬天本想到杭州接张西厓的手编《东南日报》艺术版，张跟报馆闹翻了，没有着落，于是到上海来，“穷”了半年。今天他到上海县的县立中学去了，他下学期在那边教书。一月五十万，不可想象！不过有个安定住处，离尘嚣较远，（也离那些甚么“家”们远些）可以安心工作。他说他在上海远不比以前可以专心刻制。他想回凤凰，不声不响的刻几年。我直觉的不赞成他回去。一个人回到乡土，不知为甚么就会霉下来，窄小，可笑，固执而自满，而且死一样的悲观起来。回去短时期是可以的，不能太久。——我自己也正跟那一点不大热切的回乡念头商量，我也有点疲倦了，但我总要自己还有勇气，在狗一样的生活上作出神仙一样的事。黄永玉不是那种少年得志便颠狂起来的人，帮忙世人认识他的天才吧。

我曾说还要试写论黄永玉木刻的文章，但一时恐无从着手。而且我从未试过，没有把握。大师兄王逊似乎也可以给他引经据典的，举高临下的，用一种奖掖后进的语气写一篇。林徽因是否尚有兴趣执笔？她见得多，许多意见可给他帮助。费孝通呢？他至少可就文化史人类学观念写一点他一部分作品的读后感。老舍是决不会写的，他若写，必有可观，可惜。一多先生死了，不然他会用一种激越的侠情，用很重的字眼给他写一篇动人的叙记的，虽然最后大概要教导他“前进”。梁宗岱老了，不可能再“力量力量”的叫了。那么还有谁呢？郑振铎、叶圣陶大概只会说出“线条遒劲，表现富战斗性”之类的空话来，那倒不如还是郭沫若来一首七言八句。那怎么办呢？自然没有人写也没有关系。等他印一本厚厚的集子，个人开个展览会时再说吧。——他说那些协会作家对他如何如何，我劝他不必在意，说他们合起来编一个甚么年刊之类，如果不要你，你就一个人印一本，跟他们一样厚！看看有眼睛的人看哪一本。

您的一多先生传记开始了没有？我很想到北平来助理您做这个事。我可以抄抄弄弄，写一两个印象片段。

巴先生说在“文学丛刊”十辑中为我印一本集子。文章已经很够，只是都寄出去了。（我想稿费来可以贴补贴补，为父亲买个皮包，一个刮胡子电剃刀，甚至为他做一身西服！）全数刊载出来，也许得在半年后。（健吾先生处存我三稿，约五万字，恐印得要半年。您寄给他的《大和尚》我已收回，实在太不成东西。）有些可能会丢失的。（刘北汜处去年九月有两稿，迄无下落。他偶尔选载我一二节不到千字短文，照例又不寄给我，我自己又不订报，自然领一万元稿费即完成全部写作投稿程序。）倒是这二三小作家因为“崇拜”我，一见有刊出我文章处，常来告诉我，有哪里稿已发下了，也来电话。（他们太关心，常作出些令人不好意思事，如跑到编辑人那里问某人文章用不用之类。）原说暑假中编一编可以类为一本的十二三篇带小说性质的文章的（杂论，速写，未完片段不搁入），看样子也许得到寒假——但愿寒假我还活着！暑假中原说拼命写出两本书，现在看样子能有五六万字即算不错。看我的神经如何罢。

顶烦心的事是如何安排施小姐。福州是个出好吃东西地方，可是地方风气却配不上山水风景。她在那边教书，每天上六课，身体本不好，（曾有肺病）自然容易疲倦。学校皆教会所办，道姑子愚蠢至不可想象地步。因为有一次她们要开除一个在外面演了一场话剧的女生，她一人不表示同意；平日因为联大传统，与同学又稍微接近，关心她们生活，即被指为“黑党”，在那边无一朋友，听到的尽是家常碎事，闷苦异常。她极想来上海，或北平，可是我无能已极，毫无路径可走！她自己又不会活动。（若稍会活动，早可以像许多女人一样的出国了，也不会欣赏我这么一个既穷且怪的人！）她在外文系是高材生，英文法文都极好。（袁家骅先生等均深知此）您能不能给她找一个比较闲逸一点事？问问今甫先生有没有甚么办法吧。

我实在找不到事，下学期只有仍在这里，一星期教二十八课，再准备一套被窝让它霉，准备三颗牙齿拔，几年寿命短吧。我大概真是个怯弱的人。您等着我向您发孩子气的牢骚！不尽，此请时安！

曾祺

七月十五日

从文师：

天热，信未即发，一搁下，有不想发出意，虽然其结果是再加写一点，让您的不快更大！我不知道为甚么不能控制自己，说了好些原先并不想说的话。我得尽量抑压不谈到自己，我想那除了显示自己的不德之外别无好处。——比如，我为甚么要说起我那些稿子呢？我久已知道自己的稚弱、残碎，我甚至觉得现在我所得到的看待还不是我应得的。然而虽是口口声声不怨尤，却总孱然流露出一种委屈之感来了！而且态度语言上总似乎在伤着人（尤其是态度，我的怪样的沉默），真是怪可羞的。（这句话何其像日本人的语气！）比如刘北汜，他实在有时极关心我，（当然他有一种关心人的方便）有时他一句话，一个动作，即令我惭愧十分，而我在信里说了些很卑下市井气的话！我尚得多学习不重视自己。——真是一说便俗，越往深里说，越落鋆套，作人实非易之事。

卞之琳先生已到上海，我尚未见到。听说他说您胖了一点，也好。虽然我很不愿意您太胖。像健吾先生实已超过需要了。

很久以前与《最响的炮声》同时寄来尚有一篇《异秉》，是否尚在手边？收集时想放进去，若一时不易检得，即算了，反正集子一时尚不会即动手编，而且少那么一篇，也不妨事。

上海市教员要来个甚么检定，要证书证件，一讨厌事，不过我想当无多大问题，到时候不免稍稍为难一下而已。我已教书五年，按道理似已可取得教员资格。果然有问题，再说吧。

《边城》开拍尚无消息，我看角色导演皆成问题，拍出来亦未必能满人意，怕他们弄得太"感人"，原著调子即扫然无余也。报上说邵洵美有拍摄《看虹录》英语片事，这怎么拍法？有那种观众，在看电影时心里也随着活动的么？

我仍是想"回家"，到北方来，几年来活在那样的空气里，强为移植南方，终觉不入也。自然不过是想想罢了。

曾祺

七月十六日

致黄裳[1]

一

（一九四七年十月三十日）

沈屯子偕友人入市，听打谈者说杨文广围困柳州，城中内乏粮饷、外阻援兵，蹙然诵叹不已。友拉之归，日夜念不置，曰，文广围困至此，何由得解。以此邑邑成疾。家人劝之相羊垧外，以纾其意。又忽见道上有负竹入市者，则又念曰，竹末甚锐，道上人必有受其戕者。归益忧病。家人不得计，请巫。巫曰，稽冥籍，若来世当轮回为女身，所适夫姓麻哈，回夷族也。貌陋甚。其人益忧，病转剧。渊友来省者慰曰，善自宽，病乃愈也。沈屯子曰，君欲吾宽，须杨文广解围，负竹者抵家，麻哈子作休书见付乃得也。夫世之多忧以自苦者，类此也夫！十月卅日拜上多拜上

黄裳仁兄大人吟席：仁兄去美有消息乎？想当在涮羊肉之后也。今日甚欲来一相看，乃舍妹夫来沪，少不得招待一番，明日或当陪之去听言慧珠，遇面时则将有得聊的。或亦不去听戏，少诚恳也。则见面将聊些甚么呢，未可知也。饮酒不醉之夜，殊寡欢趣，胡扯淡，莫怪罪也。慢慢顿首。

---

① 黄裳（一九一九—二〇一二），原名容鼎昌，祖籍山东益都（今青州）。散文家、藏书家、高级记者，曾任《文汇报》记者、编辑、编委等职，在戏剧、新闻、出版领域均有建树。

二

（一九四八年三月九日）

黄裳：

我已安抵天津。也许是天气特别好，也许我很“进步”了，居然没有晕船。但此刻又觉得宁可是晕船还好些，可以减少一点寂寞。刚才旅馆茶房来，让他给我沏壶茶来，他借故搭讪上来：“茶给您沏，我看您怪寂寞的，给您叫个人来陪陪罢。”我不相信他叫来的人可以解除我的寂寞，于是不让他叫，倒留着他陪我聊了一会。很简单，拆开一包骆驼牌，给他倒杯茶，他即很乐意的留了下来。这家伙，光得发亮的脑袋，一身黑中山服，胖胖菩菩的，很像个中委。似乎他的道德观比我还强得多。他问我结了婚没有，我告诉他刚准备结婚，太太死了，他于是很同情，说“刚才真不该跟您说那个胡话”。我说我离开这儿八九年没有回来了，他就大跟我聊“日本”时候情形，问我当初怎么逃出去的。他又告诉我旅馆里住了几个做五金的，几个做玻璃、做颜料的，谁半年赚了四十亿，谁赔了。最后很关心的问我上海白面多少钱一袋。我这才发现在上海实应当打听打听面粉价钱，这儿简直遇到人就问这个。天津的行市我倒知道了，一百八、一百九的样子，北平一袋贵个十万光景。那位中委茶房再三为我不带货来而惋惜，说管带甚么来，抢着有人要，“就我就可以跟您托出去，半个钟头就托出去，这哪个不带货呀！”可是假如我带的是骆驼牌呢！这儿骆驼牌才卖四万八，上海已经卖到五万六了。加立克也才三十二万，我在上海买的是三十四，有的铺子标价还是三十六万！

天津房子还是不太挤，我住的这间，若在上海，早就分为两间或三间了。据说这一带旅馆房间本来定价很低，不过得从姑娘手里买。现在算是改了，把姑娘撵出去，还是两三年的事情，很不容易。这大概不会像苏州一样会有姑娘们破门而入罢，我倒希望有，可以欣赏一下我的窘态也。有故友过安南，他的未婚妻曾竭力怂恿他叫安南妓女，该未婚妻实在是有点道理！

这儿饭馆里已经卖“春菜”了。似乎节令比上海还早些。所谓春菜是毛豆、青椒、晃虾等。上面三色，我都吃了。这儿馆子里吃东西比上海便宜，连吃带喝还不上二十万。天津白干比上海没有问题要好得多。因为甫下船，又是一个人，只喝了四两，否则一定来半斤。你在天津时恐还是小孩子，未必好好的喝过酒，此殊可惜。

我住的旅馆是“惠中”，你不知知不知道。在上海未打听，又未读指南之类，一个旅馆也不晓得，但想来“交通”、“国际”之类一定有的吧，于是雇了三轮车而随便说了个名字，他拉到“交通”，“交通”没有“房子”，一拐弯就到这儿来了。地近劝业场。各处走了走，所得印象第一是这里橱窗里的女鞋都粗粗笨笨，毫无“意思”。我测量一个都市的文化，差不多是以此为首项的。几家书店里看了看，以《凯旋门》和《秋天里的春天》最为触目。有京派人氏所编类乎《观察》型的周刊（？），撰稿为胡适、贺麟、张印堂等人，本拟买来带回旅馆里一读，而店里已经“在打烊中”了。以后若遇此种刊物，必当买来，看过，奉寄阁下也。

雅梨尚未吃，水果店似写着“京梨”，那么北京的也许更好些么？倒吃了一个很大的萝卜。辣不辣且不管它，切得那么小一角一角的，殊不合我这个乡下人口味也。——我对于土里生长而类似果品的东西，若萝卜，若地瓜，若山芋，都极有爱好，爱好有过桃李柿杏诸果，此非矫作，实是真情。而天下闻名的天津萝卜实在教我得不着乐趣。我想你是不喜欢吃的，吃康料底亚巧克力的人亦必无兴趣，我只有说不出甚么。

旅馆里的被窝叫我不想睡觉，然而现在又没有甚么地方可去了。附近有个游艺场，贴的是《雷雨》和《千里送京娘》，这是甚么玩意儿呢？一到，马上就买票，许还听得着童芷苓，然而童芷苓我本来就没有兴趣。这儿票价顶贵才六万多。据说北平也如此，还更便宜些。那么以后我听戏与看电影的机会将会均等了。中委茶房说得好，“北京就是听戏”！

然而我到北京怎么样还不知道呢，想起孙伏园的《北京乎？》。

我还是叫中委给我弄盆水洗洗脚罢，在那个看着教人心里不大明亮的床上睡一夜罢，明儿到北京城的垃圾堆上看放风筝去。

曾祺

三月九日

三

（一九四八年十一月三十日、十二月一日）

黄裳：

刚才在一纸夹中检出阁下五月一日来函，即有“北平甚可爱，望不给这个城市所吞没。事实上是有很多人到了北平只剩下晒太阳听鸽子哨声的闲情了”者，觉得很有趣味。

而我今天写的是前两天要写的信。今日所写之信非前两天之信矣，唯写信之意是前两天即有的耳。即在上次信发了之后的一天。事情真有想不到的！我所写《赵四》一文阁下不知以为如何？或者不免觉得其平淡乎？实在是的。因所写的完全是实事。自然主义有时是没有办法的事。我对于所写的东西有一种也许是不够的同情，觉得有一种义务似的要把它写出来。（阁下能因其诚实而不讥笑之乎？）因此觉得没有理由加添或是加深一点东西。而，在我正在对我的工作怀疑起来（这也许是我寄“出”的原因）的时候，警察来谈天，说赵四死了！——我昨天还看见他的？（即我文章最后一段所记）——是的，一觉睡过来，不知道为甚么，死了。警察去埋他的。明华春掌柜的倒了楣，花了钱，二百多块。我又从警察口中得知他到明华春去，最初是说让他们吃剩下的给他一点吃，后来掌柜的见他挺不错的，就让一起吃了，还跟大家一块分零钱。德启说：没造化！——吃不得好的。我想我的文章势必得加一句了。而我对我的文章忽然没有兴趣起来。我想不要它了。我觉得我顶好是没有写。而我又实是写了。我不能释然于此事。而我觉得应当先告诉你一下。你把它搁着吧，或者得便甚么时候（过一阵子）退给我。或者发表了也可行。反正这是无法十全的事。

若不太麻烦，请在《赵四》原稿上有所增改：

（一）第十页第一段最后，“德启自以为……”以下，加一句“德启很乐天”。

（二）第三或四（？）页，赵四来打千道谢之后，写赵四模样“小小的……”一段最后“他体格结构中有一种精巧”两句抹去，改作“他骨骼很文弱，体重不过九十磅。满面风霜，但本来眉目一定颇清秀。——小时他一定是很得人怜爱的孩子。……”

若不及改动，亦无所谓耳。

阁下于此事件作何种态度？——我简直是麻烦你。

前信说“下次谈旅行的事”，但此刻我心中实无“旅行”。大概还是那个样子。旅行是一种心理，是内在的。不具体，不成为一个事件，除非成为事件的时候，忽然来了，此间熟人近有动身者，类多是突然的。盖今日人被决定得太厉害，每有所动，往往突然耳。突然者，突乎其然，着重在这个“突”字。来上海若重到致远中学教书亦无甚不可耳，然而又觉有许多说不通处！这算是干吗呢。黄永玉曾有信让我上九龙荔枝角乡下去住，说是可以洗海水澡，香港稿费一千字可买八罐到十罐鹰牌炼乳云。我去洗海水澡么，哈哈，有意思得很。而且牛乳之为物，不是很蛊惑人的。然我不是一定不去九龙耳。信至今尚未覆他。他最近的木刻似乎无惊人之进步，我的希望只有更推远一点了。我最近似乎有点跟自己闹着玩儿。但也许还是对浮动的心情加一道封条为愈乎？你知道这个大院子里，晚上怪静的，真是静得“慌”。近复无书可读，唯以写作限制自己耳。

北平已入零下，颇冷。有人送我冰鞋一双，尚未试过大小，似乎忒大了。那好，可以转送大脚人也。物价大跳，但不大妨事，弟已储足一月粮食，两月的烟。前言连烟卷也没得抽了，言之过于惨切，“中国烟丝”一共买过一包耳，所屯积者盖“华芳”牌也。这在北平，颇为奢侈，每一抽上，恒觉不安，婆婆妈妈性情亦难改去也。

昨睡过晚，今天摹了一天的漆器铭文，颇困顿，遂不复书。颇思得佳字笔为阁下书王维与裴迪秀才书一过也。下次信或可一聊北平文人之情绪。如何？然大盼阁下便惠一书以慰焦渴也。此候

安适

弟曾祺　顿首

十一月卅日

巴公想买的《性与性之崇拜》已问不到。该书由文澂阁伙友携来，是替人代卖的，现已不知转往何处去矣，唯当再往问之。

昨写信未寄，今日乃得廿九日的覆信，觉得信走得实在是快，有如面对矣，为一欣然。拙作的观感已得知矣，不须另说了。阁下评语似甚普通，然甚为弟所中意，唯盼真是那样的耳。稿发不发表皆无所谓，然愿不烦及巴公。一烦及巴公，总觉得不大好似的。弟盖于许多事上仍是未放得开，殊乡气可笑耳。或迳交范泉如何？其应加之一句，一时尚不能得，以原稿不在手头，觉得是写在空虚里一样。或请阁下代笔如何？弟相信得过，当无异议。如能附记两句

为一结束，是更佳耳。

巴家打麻将，阁下其如何？仍强持对于麻将之洁癖乎？弟于此甚有阅历，觉得是一种令人痛苦的东西。他们打牌，你干吗呢？在一旁抽烟，看报，翻弄新买的残本（勿怪）宋明板书耶？甚念念。意不尽，容当续书。

弟祺　顿首

一日

四

（一九六二年四月十日）

黄裳兄：

前日得奉手教，弟今日北返矣。行箧已理就，聊书数语为覆。

不意弟所为“昭君”，竟与老兄看法相左！周建人文章曾于《戏剧报》草草读过，以为是未检史实，蔽于陈见之论，是讨论昭君问题中的最无道理的一篇。截止现在为止，我仍以为翦伯赞所写的《从汉的和亲政策说到昭君和亲》是一篇实实在在的文章。我的剧本大体上就是按照这篇文章的某些观点敷衍而成，虽然我在着手准备材料时还没有读过翦文。昭君和亲在历史上有积极作用，对汉、胡两族人民的生活、生产均有好处，为铁定不移的事实。你说侯外庐的看法过于新颖，侯的文章我未见过，不知是在何处发表的，倒想拜读一下，也好长点见识。如侯说与翦说同，则我以为并不“新颖”，而是符合事实。而自石季伦的《明君词》至周建人的谈王昭君，实为各有原因的一系列的歪曲，《青冢记》曾读过，可以算得是歪曲的代表。其中“出塞”一出写得颇好，即现在各个剧种“昭君出塞”所本（昆曲、祈剧、京戏……）。这给我造成一个很大的麻烦，——这个案子是很不好翻！

我的初稿已写得毫无自信。无自信处在于两点。一是史实。为了“集中”，我把历史在手里任意播弄了一回，把发生在昭君和番前十几年的事一塌括子挪在了和亲前夕，而且把已经死去十六七年的萧望之拉出来作为坚持和亲的主要角色，和害死他的石显相对抗，时间上大大打乱了。这种搞法，莎士比亚大概是会同意的，但历史学家如吴晗市长，大概很难批准。第二是戏，难的是“动作”太少，而话太多（不管是说出来还是唱出来的）。我这个人曾经有很厉害的偏见，以为人生只有小说，而无戏剧。凡戏，都是不自然的（我原来是一个自然主义者）。现在看法上是改了，但终于还是一点不会写“戏”——我那个《范进中举》初稿写出来后，老舍却曾在酒后指着我的鼻子说：“你那个剧本——没戏！”看来这是无可如何的事了也！

张君秋（此人似无什么“号”）有一条好嗓子，气力特足（此人有得天独厚处，即非常能吃，吃饱了方能唱，常常是吃了两大碗打卤面，撂下碗来即“苦哇……”——《起解》，玉堂春），但对艺术的理解实在不怎么样。他近来很喜欢演富于情节的李笠翁式的喜剧，戏里总有几个怪模怪样的小丑起哄。观众情绪哄起来之后，他出来亮亮地唱上两段（这种办法原来是容易讨俏的）。而我的剧本偏偏独少情节，两下里不大对路，能否凑在一处，并非没有问题。好在我是“公家人”，不是傍角的，不能完全依他。将来究竟怎么样，还未可预卜。

剧本到北京讨论一下，可能要打印出来，征求意见。届时当寄上一本，以俟“杠正”。草草。

即候著祺

曾祺　顿首

四月十日

五

（一九六二年十二月九日）

黄裳兄：

永玉和继诃叫我读一读《鸳湖记》，顷已拜读。你写了东西，首先是值得庆贺的事，向你道喜！

小说看来甚长。已经写了两万五千字，人物才出场，故事才开了一个头，全篇岂不要有二十万字么？那么，这是一个长篇。全篇已经续写完了么？我很想有机会读一读全文，也许可以提出一点读后感。单看开头，未免有点茫然。——这里面有些段落，字句显然是为了后面的情节而伏置的，在“此时”还不会发生作用。

单看开头，只有两点意见。

一、行文似乎过于纡缓。也许我看惯了京戏，喜欢明白了畅。写了三四个京戏本子，觉得“自报家门”式的人物出场办法，大是省笔墨、醒精神之道。现在大家都很忙，报纸的读者尤多是劳人，过于精雕细刻，也许不一定很配胃口。有一个很鲁莽的想法：不如前面浓浓地写上一大段风景，接着就点名，把几个主要人物的名姓脚色拉出一个单子，然后再让他们动作起来。

二、个别标点抄写时可能弄错了，有的按常例应是逗点处标成了句点，——或者是把原有的破折号丢了，有语意断促之感。

一个希望是，还是尽量写得简短一些。这可能是我的偏见，我是只能写短篇，并且也只读短篇的。

我仍在写京戏，日前以一星期之力，写成一个剧本，（速度可与郭老相比！）名曰《凌烟阁》。但是，只是一个一个地在写，却未有一个演出，终其身作一个案头剧本作家，这事就不大妙！

奚啸伯在上海演出，以《范进中举》打炮，曾往看乎？“听”说他对原著“整理、加工、提高”了（此是贵报所云），不知“高”到如何境地也！

此候曼福不尽！

曾祺　顿首

十二月九日

六

（一九八九年八月十日）

黄裳兄：

台湾《中国时报》第十二届时报文学征文奖聘我为散文的评委。

有一种奖叫“推荐奖”，他们让推荐两位大陆散文作家各六—八篇，从中选定一篇。推荐奖奖金相当多，三十万新台币。我认识的散文作家不多，想推荐宗璞和你，不知你有没有兴趣。宗璞的我即将航空快递到香港中国时报办事处。你的散文我手头没有（不知被什么人借去了）。如果你同意被推荐，我希望你自己选。要近两年发表或出版的。选出后即寄三联书店潘耀明或董秀玉，请他们电传或快递给台北《中国时报》“人间副刊”季季或应凤凰，嘱潘或董说是汪曾祺推荐的。你自选和我选一样，你自己选得会更准一些。时报截稿日期是八月十五日，如果由你选出后寄给我，我再寄香港就来不及了。我希望你同意。三十万新台币可折美金近万元，颇为诱人。而且颁奖时还可由时报出钱到台湾白相一趟。当然，不一定就能中奖，因为评委有十五人，推荐的包括小说、散文、诗，统统放在一起，大陆和台湾得推荐奖只两人（两岸各一人）。

你近来情况如何，想来平安。

我还好，写了些闲文，都放在抽屉里。这两天要为姜德明的《书香集》写一篇，题目暂定为谈廉价书。

推荐事，同意或不同意，均盼尽快给我个回信。

北京今年甚热，立秋后稍好。不过今年立秋是九点钟，是“晚秋”，据说要晒死牛的。

即候

时安。

弟曾祺　顿首

八月十日

如三联有你近两年的书，可由你开出篇目，由他们选出传递。

七

（一九九一年一月二十八日）

黄裳兄：

得三联书店赵丽雅同志信，说你托她在京觅购《蒲桥集》。这书我手里还有三五本，不日当挂号寄上。作家出版社决定把这本书再版一次，三月份可出书。一本散文集，不到两年，即再版，亦是稀罕事。再版本加了一个后记，其余改动极少。你如对版本有兴趣，书出后当再奉寄一册。

徽班进京，热闹了一阵，我看解决不了什么问题。我一场也没有看。因为没有给我送票，我的住处离市区又远（在南郊，已属丰台区），故懒得看。在电视里看了几出，有些戏实在不叫个戏，如《定军山》《阳平关》。

岁尾年初，瞎忙一气。一是给几个青年作家写序，成了写序专家；二是被人强逼着写一本《释迦牟尼故事》，理由很奇怪，说是“他写过小和尚”！看了几本释迦牟尼的传，和《佛本行经》及《释迦谱》，毫无创作情绪，只是得到一点佛学的极浅的知识耳。自己想做的事（如写写散文小说）不能做，被人牵着鼻子走，真是无可奈何。即候春禧！

弟曾祺　顿首

一月二十八日

致唐湜[1]

一

（一九四七年？）

我缺少司汤达尔的叙事本领，缺少曹禺那样的紧张的戏剧性。……我有结构，但这不是普通所谓结构。虽然我相当苦心而永远是失败，达不到我的理想，甚至冲散我的先意识状态（我杜撰一个名词）的理想。我要形式，不是文字或故事的形式，是人生，人生本身的形式，或者说与人的心理恰巧相合的形式。（吴尔芙，詹姆士，远一点的如契诃夫，我相信他们努力的是这个。）也许我读了些中国诗，特别是唐诗，特别是绝句，不知觉中学了“得鱼忘筌；得义忘言”方法，我要事事自己表现，表现它里头的意义，它的全体。事的表现得我去想法让它表现，我先去叩叩它，叩一口钟，让它发出声音。我觉得这才是客观。我的 absent in mind 时候也许我是在听吧，听或近或远汩汩而来的回声余音吧，如果你不以为我是在说谎。我想把我拟编的一个集子名为《风色》。司空表圣的“风色入牛羊”我颇喜欢，风色是最飘渺，然而其实是最具体实在的。

---

① 唐湜（一九二〇—二〇〇五），浙江温州人。诗人。两封信（残缺），大约写于一九四七年，见于唐湜《新意度集》，三联书店，一九九〇年九月。

二

（一九四七年？）

我现在似乎在留连光景，我用得最多的语式是过去进行式（比“说故事”似的过去式似稍胜一筹），但真正的小说应当是现在进行式的，连人，连事，连笔，整个小说进行前去，一切像真的一样，没有解释，没有说明，没有强调、对照的反拨，参差……绝对的写实，也是圆到融汇的象征，随处是象征而没有一点象征“意味”，尽善矣，又尽美矣，非常的“自然”。

致某兄[①]

（一九四八年十月十八日？）

××兄：

我的习惯是先把信封写好然后再写信。而在信封上写了“上海中正”四个字之后我迟疑了一下，我记不清是中正什么路了。是不是中正“中”路呢？想了一想，觉得大概不错。至于“三八四号”则是非常之熟，觉得毫无问题的。于是不能不慨然有感，我离开这个地方真有不少日子了。不往这个地方写信也不少日子了。离开这个地方是没有法子，不往这个地方写信则是我应当负责的！写下这个地名之后，我从心里涌出一种感情。什么样的感情呢？——很难说明白。反正不管怎么样，我怀念这个地方的，有时淡淡的，有时有点严重，有点苦殷殷的。

你们都怎么样了呢？“你们”包括得很广，也不一定指的是谁，不能确切的开出一个名单。指的是那“一群”人。史先生、胡小姐、老谢、张小姐、中叔，甚至秉福、秉福的哥哥，……还有那个“环境”。致远中学那个地方也可以“人格化”而算是“你们”。凡我曾经熟悉而现在离隔得很远，隔离得好像在两个世界里的，都是“你们”。我料想当然有了许多变化。比如那些人总有分散的，仍旧在一起，常往还的，其本身也多少有点不同了；那座房子如果还是“致远中学”，分配布置上，定也不是从前的样子了；

① 此信无写作时间，原载一九四八年十月十八日《华美晚报》。

那两个沙发已经挪了地方，电话机不是在那个小茶几上了罢？（号码是不是还是那一个？）……而我对于到那个地方来做一次客乃大有兴趣了。到我再来的时候还有什么痕迹可以供我们说说从前的么。我不知往这个地方写信还有没有用，但我愿意试一次。

都说，将不尽说。你可以不可以来信说说你自己？也不一定很详细，只要很笼统的，比如“这一向很高兴”，“事情来得很出乎意料”，“还不是那样子么”，“没有什么值得忙的，但人总要找一点事情忙忙”，“我疲倦了”……只要这么一个就够了，我不知道为什么，也许毫无理由，觉得致远中学似乎比以前情形好一点了。老二应当已经结婚。“家庭问题”或者有一点，但整个的说比以前“有进步”。新校址或仍渺茫，但各方面应当也比较活动。……凭空设想，每易落空，我愿意知道一点，不管什么。

我现在在午门的历史博物馆做事，事情没有什么，“办公”而已。所谓“办公”即消耗生命，一天莫名其妙就混过去了。身体被限制在伟大而空洞的建筑之中，也毫无“内心生活”可言。秋季多阴天，忽忽便已迟暮，觉得此身如一只搁在沙滩的废船似的，转觉得上海的乱烘烘的生活也自有一种意义，至少看得出人怎么来抢夺生命也。此是权宜之计，目下作算至少待到明年暑假，有去处，不管是什么样的去处，便索想就离去也。

小沈近如何？得便问他叶铭近在何处。他写了两封信给我，忙乱搬动之中未及覆信且失去其地址，觉得很对他不起，应当写一信道歉。赵静男仍在致远否？她问过我一点问题，虽也好几个月了，仍想为她一解答也。

近来“课外活动”有些什么？五百分、牛肉面、派对、老无线电是否皆成一梦了？

九月夜寒，孤灯（是煤油灯）无奈，独自饮酒，遂几及醉，字迹草草，意且未尽，然而腰胁间似已睡着，便不复书。时一相忆，当续有报也。暇便书我数行如何？此候安乐！

弟曾祺

致巴金[1]

（一九五〇年十月七日）

巴先生：

前两天在我们这儿的图书室里翻了翻《六人》，看了那个后记，觉得很难过，看到您那么悲愤委屈，那么发泄出来……强烈极了，好些天都有那么个印象。……昨天晚上看了一个歌舞晚会，睡得很晚，今天一天精神很兴奋，应当睡午觉的时候睡不着，想着要给您写一封信，想问候问候您。

一直常常想起您。

我不在武汉了，回北京来了。我说是“回”，仿佛北京有我一个根似的，这也就是回来的理由吧。主要的是施松卿的身体不好。我在北京市文联。北京市文联在霞公府十五号——北京饭店后面，您大概晓得那条街的。

章靳以来北京，见到两次，一次是在英雄代表大会上，一次是在吉祥听昆曲。他大概是今天十一点钟的车走吧。我听说劳模英雄是在那一班车走，那他可能一齐走。他大概会谈起听昆曲，因为会谈起卞之琳，谈卞之琳听《游园》。有些话是我告诉他的。不过我后来想还是不要多谈卞之琳的“检讨”的事吧，因为我们知道得不全面，断章取义的可能不好。

昨天那个晚会好极了，是新疆、西南、内蒙、吉林延边四个少

---

① 巴金（一九〇四—二〇〇五），原名李尧棠，字芾甘，四川成都人，作家、翻译家。曾任全国政协副主席、中国作家协会主席。

数民族文工团联合演出的，超过了北京的和全国的歌舞的水平，靳以要是昨天还没有走，他一定也会谈起的。

听说您下月要来，确么?

曾祺

十月七日

致张明权[①]

（一九五七年七月十六日）

明权同志：

你的诗《更信任人吧》发表后我曾经给你写过一封信。我现在觉得，我所以欣赏你那首诗是我的思想的一种反映：这是一种自由主义。我总觉得在生活里所受到的干涉、限制、约束过多，希望得到更多的“信任”，更多的自由。这实在是要求放松或者取消改造。我正在检查我的右倾思想。我希望你也检查检查。至少，你这首诗对于我这样的读者是起到这样的效果的。我也曾经想，这是指的人民内部的，不，正是人民内部，需要改造，而这种改造，应该由党来领导。改造，这是要作许多艰苦的斗争的，不是“一把招引心灵前进的火炬”就能解决问题。

我无暇（自顾不暇）批评你这首诗，只是把我自己的想法告诉你。

希望你也能对我提提意见。

愿我们在党的领导下共同前进。

握手！

汪曾祺

七、十六

① 张明权（一九二一—一九九一），山东金乡人。作家。时任北京市文联创作员。

致萧珊[1]

（一九六五年七月二十二日）

萧珊：

杜运燮来问罪，愧受而已。一直想写信，一直没有写。因为忙，而且乱。我没有“一间自己的屋子”，很少有机会能够一个人安静地坐下来。

京剧院一团有两个门，其中一个是红的。不过那一带红门很多。写《红灯记》的报道，一定要提到这红门么？

《红岩》本寄上。这是个还没有改好的本子。请勿与上海的戏曲界的人看。没有什么看头的。你和小林都会挑出许多毛病。

我匆匆归来，一直在改这个本子。原来写的时候是打一块烧红了的铁，现在改是在一块冷却的铁上凿下一些地方再补上，吃力而无功。

北京奇热。入晚以后，你们那个宽走廊下想必一定很凉快。

听说李先生又到越南去了，他这几年真是给国家做了很多事。

就说这些吧。

愿你好！

曾祺

七月廿二日

① 萧珊（一九一七—一九七二），原名陈蕴珍，浙江鄞县（今宁波市鄞州区）人，曾任《上海文学》《收获》编辑，兼事文学翻译。巴金夫人。作者西南联大时期同学。

致朱德熙[1]

一

（一九七二年十一月十六日）

德熙：

那天李荣打电话给我，约我到唐先生那里去看铜器。我因为当日要改剧本，没去成。原来我倒是想见见你们，看看唐先生的。

前寄《瞎虻》诗一首，想当达览。这首诗我还想再加加工。主要是把最后一句改一下，把“脑袋上的触须好像短了”改成“短短的触角更短了”。偶然翻了一下《辞海》，这东西的触角果然很短，只有三节，我的印象不错。既然如此，何不索兴点出。还想加写一个小序。等定稿后寄给你看。

近日又写了一首《水马儿》。另纸抄录奉上。我不知怎么有了写这种诗的兴趣了。[2]这也是一种娱乐，一种休息。不然一天到晚写“跨腿”、“翻身”、“蹦子”（我们最近所谓“改剧本”，就是把这样一些玩意补写在舞台提示里）也乏味得很。那，我的娱乐除了写字以外，又多了一种了。我倒是觉得并非言之无物，但是不能

---

① 朱德熙（一九二〇—一九九二），江苏苏州人。古文字学家、语言学家、教育家。作者西南联大时期同学。先后在清华大学、昆明中法大学、北京大学担任教职；在北京大学历任中文系副主任、副校长兼研究生院院长。

② 大概跟读了一些普利什文的散文有关。高尔基非常钦佩他的文体，我也很喜欢。我是在一本《世界文学》上看到的。你能不能找到他的散文的较全译本或小说？——原信注释。

拿出去发表，那是要找倒楣的。我准备写若干首，总名曰《草木虫鱼》，不也是怪好玩的么？

下一首，准备写花大姐，即瓢虫。这玩意你一定看见过，像半拉滴溜圆的涂了磁漆的小圆球，小脑袋，小眼睛，小脚，形如：，有各种颜色，橘黄的，橙红的，大红的……我在沙岭子劳动了一阵，才知道这玩意有两大类：一类吃马铃薯等作物的幼芽，是大害虫；一类专吃某种害虫（如蚜虫），是此种害虫的天敌，是大益虫。看起来都是差不多的，都挺好看，好玩。区别主要在于鞘翅上有多少黑点（昆虫学家叫做“星”），这数目是有一定的。这首诗的意思很明白：外表相似的东西，实质常常大不相同，凡事不可粗枝大叶，这是应得的结论。所以还没有动笔，是因为遇到一点困难，我记不清著名的害虫背上有多少星，著名的益虫有多少星了。还有，细分起来这有多少类……你附近有没有治昆虫学或“植物保护”的专家？能不能为我打听一下？如果能找到一本或一篇附图的瓢虫著作来看看，那才好！

近日菜市上有鲜蘑菇卖，如买到，我可以教你做一个很精彩的汤，叫“金必度汤”，乃西菜也。法如下：将菜花（掰碎）、胡萝卜（切成小丁）、马铃薯（也切成小丁，没有，就拉倒）、鲜蘑（如是极小如钱大者可一切为二或不切，如较大近一两左右者则切为片，大概平均一个人有一两即够）、洋火腿（鲜肉、香肠均可）加水入锅煮，盐适量，俟熟，加芡粉，大开后，倒一瓶牛奶下去，加味精，再开，即得。如有奶油，则味道更为丰腴。吃时下胡椒末。上述诸品，除土豆外，均易得。且做法极便，不须火候功夫。偶有闲豫，不妨一试。

文物出版社原有一门市部在王府井，现在还有没有？在哪里？我想去看看有没有影印的字帖。汪朗来信，忽想习字，要帖。我到琉璃厂一看，帖价真是吓煞人，一部“淳化阁”要300元，一本“争座位”，80！

即问孔敬及全家好！

曾祺

十六日晚

瞎虻

牛虻，“虻”当读méng，读做“牛忙”是错的。我的故乡叫它“牛蜢蜢”，是因为它的鸣声很低，与调值的上声相近。北方或谓之“瞎虻”，“虻”读阴平。这东西的眼神是真不好，老是瞎碰乱撞。有时竟会笔直地撞到人脸上来。至于头触玻璃窗，更是司空见惯，不是诬赖它。雄牛虻吸植物汁液，雌牛虻刺吸人畜血，都不是好东西。讽刺它们一下，是可以的。

瞎虻笔直地飞向花丛，
却不料——咚！碰得脑袋生疼。
“唔？”它摸摸额角，鼓鼓眼睛，
“这是，这是怎么一回事情？”

好天气，真带劲，香扑扑，热哄哄，

“再来，再来！”，打个转，鼓鼓劲，
“一二！你看咱瞎虻飞得多冲！”——咚！
“嗯？这空气咋这么硬，这么平？”

捉摸不透是什么原因，
瞎虻可傻了眼了：
“我往日多么聪明，
今儿可成老赶了！”

接连几次向玻璃猛冲，
累得它腰酸腿软了。
越想越觉得气不平，
短短的触角更短了。

一九七二年十月写

十一月十六日改

这两天有一只虻类的昆虫（非蝇非蜂）在我办公室的玻璃窗上爬着。它老是碰壁，碰碰又爬爬，爬爬又碰碰。我仔细观察了它很久，核实了我的记忆准确无误。世间固执的经验主义者，牛虻可称为典型了。

又，《水马儿》第四节第三句“它们可觉得这有点触目惊心”，请改为：“可它们已觉得漂得太远。”原文太轻浮。对水马儿还是应该敦厚些。

十六日夜十二时又半记

水马儿

水马，当我还是孩子的时候，我的故乡的孩子叫它“海里蹦”。一名水黾。《本草纲目·虫部四》引陈藏器曰：“水黾群游水上，水涸即飞，长寸许，四脚。”韩琦《凉榭池上二阕》：“游鳞惊触绿荷香，水马成群股脚长。”善状其外形特征。苏东坡《二虫》诗称之为“水马儿”，大概是四川的乡音了，今从之。苏东坡对它的习性观察得很精到，令人惊喜佩服。诗里还提到一种昆虫“鹨滥堆”，不知是何物。东坡诗录如下：

“君不见水马儿，
步步逆流水。
大江东流日千里。
此虫趯趯长在此。
君不见鹨滥堆，
决起随冲风，
随风一去宿何许？
逆风还落蓬蒿中。
二虫愚智俱莫测，
江边一笑无人识。”

雨后的小水沟多么平静，
水底倒映着天光云影。

平静的沟中，水可并不停留，
你看那水马儿在缓缓移动。

水马儿有一种天生的本领，
能够在水面上立足存身。
浑身铁黑，四脚伶仃，
不飞不舞，也没有声音。

它们全都是逆水栖息，
没一个倒站横行。
好半天一动不动，
听流水把它们带过了一程。

听流水把它们带过了一程，
量一量过不了七寸八寸，
它们可觉得这有点触目惊心，
就赶紧向上游连蹦几蹦。

天上的白云变红云，
晌午过了到黄昏，
你看看这一群水马儿，
依然是停留在原地不动。

你们这是干什么？

漂一程，蹦几蹦，既不退，又不进。
单调的反复有什么乐趣可言，
为什么白送走一天的光阴？

水马儿之一答曰：“你管得着吗？
这是我们水马儿的习俗秉性！”
说话间又漂过短短一程，
它赶忙向原地连蹦几蹦。

一九七二年十一月十六日

二

（一九七二年十二月一日）

德熙：

今天我们那儿停电，我难得偷空回了一趟家。一个人（老伴上夜班，女儿去洗澡）炒了二三十个白果，喝了多半斤黄酒，读了一本妙书。吃着白果，就想起了“阿要吃糖炒热白果，香是香来糯是糯……”想起你们老二和老四，并且想起松卿前几个月就说过的：“你应该看看朱德熙的母亲去。”我老早就想过这件事，什么时候合适，你陪我一同去一趟。但看来要到新年以后，因为我们的戏准备新年拿出来，这以前是突击阶段，已经宣布：没有星期天。

所读“妙书”是赵元任的《国语罗马字对话戏戏谱最后五分钟一出独折戏附北平语调的研究》。这书是我今天上午在中国书店的乱书堆中找到，为剧团资料室买得的。你看过没有？这真是一本妙书！比他译的《爱丽斯漫游奇境记》还要好顽。他这个戏谱和语调研究，应该作为戏剧学校台词课的读本。这本书应当翻印一下，发到每个剧团。你如没看过，等资料室登记落账后我即借出寄来给你。如已看过或北大有这本书，那就算了。

读了赵书，我又兴起过去多次有过的感想，那时候，那样的人，做学问，好像都很快乐，那么有生气，那么富于幽默感，怎么现在你们反倒没有了呢？比如：“没有读物，全凭着演绎式的国音教学法来教是——多数人学不会的，就是有少数的特别脑子的人这么样学会它了，他没有书报看，他学它干嘛？”（序）你们为什么都不这样写文章呢？现在不是不提倡这样的文风啊，比如：“这样长的文章，谁看？”多好！语言学家的文章要有“神气”，这样就可逼一下作家，将作家一军。此事有关一代文风，希望你带头闯一下。

关于“花大姐”的书，你不要去找了，我已经借得《中国经济昆虫志·鞘翅目·瓢虫科》一种。读了一遍。有很多地方应该很有趣味但写得很枯涩。这叫我怀念法布尔甚至贾祖璋。今天我还为剧团买了一套吴其濬的《植物名实图考》及其长编。那里的说明都是一段可读的散文。你说过：“中国人从来最会写文章。”怎么现在这么不行了？对于文章，我寄希望于科学家，不寄希望于文学家，因为文学家大都不学无术。

《文物》这一期也收到了。你和唐先生的文章都翻了一过，不懂！这顽儿，太专门了。我首先想知道的是盟誓是咋回事，那些赌咒发誓血嗤乌拉的话管用吗？这有什么仪式？有音乐吗？有鼓声吗？是像郭老那样拉长了声音朗诵吗？……我希望出这么一种刊物：《考古学——抒情的和戏剧的》，先叫我们感奋起来，再给我们学问。

听脚步声，女儿已经回来，就此打住！

安好！

曾祺

十二月一日夜

三

（一九七三年一月四日）

德熙：

问一家新年好。

《战国文字研究》收到。这回我倒是读得很有兴趣，虽然还未读完。我觉得逻辑很严紧，文体清峻。

不知是不是你有一次问我，古代女人搽脸的粉是不是米做的，仿佛这跟马王堆老太太的随葬品有点什么关系。近日每在睡前翻看吴其濬的《植物名实图考长编》以催眠，卷二“谷类·稻”（一四六页）云：“……米部曰：粉，傅面者也，可证也。许不言何粉，大郑云豆屑是也。”又“蘖米”：“……陶隐居云：此是以米为蘖尔，非别米名也。末其米，脂和傅面，亦使皮肤悦泽……”看来，说中国古代（汉以前？）妇女以米粉涂面（我疑惑古人是以某种油脂或草木的“泽”和着粉而涂在脸上，非为后来似的用粉扑子扑上去），是不错的。沈公有一次说中国本用蛤粉，不知有何根据。蛤蜊这玩意本来是很不普遍的。记不清是《梦溪笔谈》还是《容斋随笔》里有一条，北人庖馔，惟用油炸，有馈蛤蜊一筐，大师傅亦以油（连壳）炸之至焦黑。蛤肉尚不解吃，蛤粉之用岂能广远？蛤粉后世唯中药铺有卖，大概有止泻的作用，搽脸则似无论大家小户悉用铅粉了。铅粉不知起于何代，《洛神赋》已有“芳泽无加，铅华弗御”，李善注：“铅华，粉也。”又偶翻《太平御览》

果木门·荔枝条，引《后汉书》云：“胡粉傅面，搔首弄姿。”所谓“胡粉”，我想乃是铅粉。不过，这是想当然耳，还没有查到文献根据。以上这些，不知对你有没有一点用处。

吴其濬的这本书你不妨找来看看。这里有许多杂七杂八的材料，有很多是关系训诂名物的，可以根据它的线索再检读原书，省些力气。你要搞老太太的或老爷子的食谱，可能有点用处。《本草纲目》《救荒本草》也可找来翻翻，这些书都挺好玩的。

我们的戏彩排了一次，外面反应很强烈。领导上还没有看，不知看后会怎么说。等戏稍定型，当请你们看看。现在还在待命，星期天不知能否放假，看来还得过些日子才能订个日子去看伯母。

问孔敬、朱眉、朱襄、朱蒙好！

曾祺

一月四日下午

四

（一九七三年二月一日）

德熙：

《文物》收到。这一期比较有意思。

你的发言我看了。临时想到一点小意见。

“员付篓二盛印副”的“付”，我觉得可能是扁矮的竹器，即“篰”。黄山谷与人帖云：“青州枣一篰”（见《故宫周刊》某期）。今上海人犹云水果一小篓曰：“一篰”。你问问伯母和别的老上海看。

“居女”——“粔籹”是不是就是麨？麦甘鬻谓之麨。鬻，熬也，就是炒。《方言》曰：秦晋之间或谓之聚（详见《植物名实图考长编》卷一，47页）。麨从麦，粔籹从米，也许粔籹是干煎的大米，那么，这就是如今的“炒米”？凡炒米皆先蒸，再炒，正是所谓“有汁而干”。

“仆粻”、“𪍑䴬”、“餢飳”、“餺飥”，大概是一物，也许就是“薄壮”。这是“饼”一类的东西。但古人“饼”的概念跟我们不一样，不限于烙饼之类那样一个扁平的东西，凡是和了面作成的都叫饼。和了面而下在水（或汤）里的叫做汤饼。汤饼是面条类的总称。上述四物恐系汤饼类。“餺飥”，《朱子语类》谓之“䬪托”，云“巧媳妇做不出没面的‘䬪托’”（此是记忆，手边无书，可能有错）。我怀疑“不托”是状声，觉得可能是刀削面，以刀削面，落于水中，“不托不托”地响也。这要看它是“实笾”的还是“实豆”的。若是“实豆”的，装在汤碗里，就有几分像。若是“实笾”，则当是不带汤的面食了。束皙《饼赋》：“夏宜薄壮”，马王堆老太太死在夏天，以此随葬，正合适。（餢飳、餢餉、餺飥，均见《图考长编》卷一45页）

我怀疑“餺飥”这种东西是可以冷吃的。中国人清前是常有些东西冷吃的，不像后来人总是热腾腾地送进嘴。《东京梦华录》餺飥与什么槐叶冷淘常相靠近，可能有点关系。——中国人的大吃大喝，红扒白炖，我觉得是始于明朝，看宋朝人的食品，即皇上御宴，尽管音乐歌舞，排场很大，而供食则颇简单，也不过类似炒肝爆肚那样的小玩意。而明以前的人似乎还不忌生冷。食忌生冷，可能与明人的纵欲有关。

炙字的前后置是有道理的。这也查查《东京梦华录》看，可能得到佐证。

我以上的意见，近似学匪派考古，信口胡说而已，聊资一笑。

我很想在退休之后，搞一本《中国烹饪史》，因为这实在很有意思，而我又还颇有点实践，但这只是一时浮想耳。

六日或八日能否放假，仍不可知。据说在中央首长看戏之前，不准备给整日的假了。且看吧。

即问孔敬和孩子们春节好！

曾祺

二月一日中午

五

（一九七七年九月七日）

德熙：

前天在路上碰见木偶剧团的葛翠琳。她说剧团搞人事的为了朱襄的问题反复问过市文化局。上星期才给了答复。说是病退、病留的只能在集体所有制单位工作，不能转到全民所有制的单位来，除非本人确有专长，单位确实需要，经市委特别批准。看来此事算是吹了。这样一件事，要拖得这样长的时间，亦可笑也。朱襄的作品在我这里，什么时候送来。

我近无甚事，每日看笔记小说消遣，亦颇不恶。估计最近会让我写剧本，我无此心思。那个葛翠琳再三劝我写小说、散文，一时既无可写，也不想写。

最近发明了一种吃食：买油条二三根，擘开，切成一寸多长一段，于窟窿内塞入拌了碎剁的榨（此字似应写作鲜）菜及葱的肉末，入油回锅炸焦，极有味。又近来有木耳菜卖，煮汤后，极滑，似南方的冬苋菜（也有点像莼菜）。据作“植物图考”的吴其濬说，冬苋菜就是葵，而菜市场上的木耳菜有时在标价的牌子上也写作什么葵，可见吴其濬的话是不错的。“采葵持作羹”，只要有点油盐，并略下虾皮味精，是不难吃的。汪朗前些日子在家，有一天买了三只活的笋鸡，无人敢宰，结果是我操刀而割。生平杀活物，此是第一次，觉得也吭啥。鸡很嫩，做的是昆明的油淋鸡。我三个月来每天做一顿饭，手艺遂见长进。何时有暇，你来喝一次酒。

听吴祖光说黄永玉被选为毛主席纪念堂工地的特等劳动模范（主席雕像后面衬的那张《祖国大地》是他画的），此公近年可谓哀乐过人矣。

问全家好！

曾祺

九月七日

六

（一九七七年九月二十三日）

德熙：

前信谅达。

你能不能给我找一本王了一的《汉语诗律学》？交徐秀平带给我即可，她时常回家。其他有关的书也盼一读。

很想找几张三麻子的唱片听听。我发现徽调的格律很活泼自由，四声处理也更接近口语。

还是想组织几个人分析分析老唱段和大鼓的四声，但一时恐无此闲裕。

问孔敬好，候安！

曾祺

廿三日

葵

小时读古诗《十五从军征》，很受感动。

“十五从军征，八十始得归。道逢乡里人：‘家中有阿谁？’‘遥望是君家，松柏冢累累。’兔从狗窦入，雉从梁上飞。庭中生旅谷，井上生旅葵。舂谷持作饭，采葵持作羹。羹饭一时熟，不知贻阿谁。出门东南望，泪落沾我衣。”

诗写得明白如话，而很痛切，使两千多年以后的人读起来也丝毫不觉得隔膜。大概稍经离乱的人，对于诗中的情景总是很容易产生同情的，不像《古诗十九首》那样哀叹人生之无常的高远的思想，于现代人总有些不相干。古人把不经人种自己生长的谷和葵叫做“旅谷”、“旅葵”，这也很有意思。这谷和葵的种籽大概是风或鸟雀带来的，可不也像是旅行的人一样么？一般注释把“旅谷”、“旅葵”解为“野生的”，不尽准确，因为这本是“家”的，后来才变野了的，不是原来就是野的。这也许是有些望文生义，然而我却是因为多想了一层，因而对这诗多了一层体会。但随即有一个问题：葵到底是一种什么东西呢？

在我的家乡，叫做葵的有这样几种植物：开淡黄色花，即所谓著道家装的秋葵，因为叶子有点像鸡脚，俗名鸡爪葵；盛夏开深红、浅红、白色的花，别名端午花，常被钟进士插在鬓边作为节日的装饰的锦葵；葵花——向日葵。然而，这几种都不能吃——当菜吃。

后来读到吴其濬的《植物名实图考》，他力言葵就是冬苋菜。他用了相当长的篇幅，说了很多话，而且说得很激动，简直有肝火。吴其濬这个人我是很佩服的。他是一个状元，做了不小的官，却用很大的精力，写了一本卷帙繁浩的科学著作，所有植物都经过周密地调查，亲眼看过，请人画了准确而好看的图，作了切实的说明，而且文章也写得好，精炼而生动，既善于体物，也工于感慨，是一个很难得的人。他曾订正了李时珍的很多错误，其谨严的程度不在李时珍以下。他像是一个很有性格的人。从他的大声疾呼，面红耳赤地辨明葵是什么，字里行间，仿佛看到他的认真执着的脾气。大概要干成一件什么事，总得有这么一点性格。如果凡事无所谓，葵是冬苋菜也好，不是冬苋菜也好，跟我有什么关系？于本人倒是很轻松，但这样的人多了，人类也就不会有今天了。

这也难怪，葵在古代是很通行的菜，这是真正的中国的土生土长的菜，但后来却几乎失传了。诗经《豳风·七月》："七月亨（烹）葵及菽。"后魏贾思勰的《齐民要术》蔬菜部一开头就是种葵之法。元朝王祯的《农书》以葵为"百菜之王"。但到了明代，李时珍的《本草纲目》却把它列入了草类，证明那时在中国的大部分地方已经不拿它当菜吃了。到了清朝，大部分读书人对葵是什么就不甚了了了。这样吴其濬才用得着那样认真地考查。

冬苋菜我在四川吃过，是羹——菜汤。在长沙和武昌都看到有人在井边洗那碧绿的茎叶。喝着冬苋菜汤，嚼着那柔滑的，有点像莼菜香味的菜叶，我想起吴其濬，想起《十五从军征》，似乎有会于心。然而，这是不是就是葵呢？

近两年北京菜市场出售一种前所未有的蔬菜，名曰木耳菜，有点像莼菜，这都与冬苋菜无殊，虽然形状有别。冬苋菜的茎较粗，颜色碧绿，掌状叶片；木耳菜颜色深绿，含紫色色素，叶片作阔心脏形，然而我总疑心木耳菜是冬苋菜的一类。

中国农业科学院蔬菜研究所最近做了一件事，向北京的市民介绍了几种从南方引进的蔬菜，有图有文，印制精美，贴在各菜市场。其中有一种是木耳菜，说这是八九月上市的绿叶蔬菜，柔滑，有清香，无纤维，这都很对，而其所标出的名称却是——“落葵”。我很高兴。

木耳菜是葵的一种；冬苋菜与木耳菜在味道上感觉上极相似，冬苋菜是葵，可以肯定。

吴其濬的话不错。

我很为吴其濬高兴。

一九七七年九月二十二日

薤

“薤上露，何易晞……”

这是一首悲哀的歌。大概汉代的人特别响往长生，越是响往长生，越觉得生命的短促，人命如朝露，无可奈何，于是留下这样的悲哀而绝望的挽歌。我没有研究过汉代的思想，但对这样的比喻，这样的惨痛的哀呼却是可以感触到的。

然而我长时期不知道薤是什么。为什么不说叶上露、草上露，或者别的什么植物上的露，而说薤上露？

前几年在内蒙古调查大青山游击队抗日斗争的事迹，在一份油印的材料里看到，当时粮食困难，游击队有时只能以野草和荄荄充饥。“荄荄”是什么？问了几个当时打过游击的同志，他们说这是记音，老百姓叫做“害害”。他们在深山里和草原上找来了实物，一看之下，原来这东西我认识：上面长出了极细的韭菜般的叶子，下面结一个疙瘩。这东西在中南一带叫做藠头，江西、湖南的酱菜店里都有得卖，渍以糖醋，很开胃。——但以此来充饥，我知道，是不解决什么问题的。我的家乡，叫做小蒜，这其实是不准确的，因为下面的疙瘩不像蒜那样的分瓣，倒是一层一层的像一个小洋葱头。为什么叫“害害”呢？我忽然猛省：这就是薤！查了几本书，果然是的，读作“害”，是犹存古音。

薤叶极细，中空，横切面作三角形。这样的极细的又是三棱的叶子上是凝结不了多少露水的，自然也极易蒸发，比一般草木上的露水更为短促。“薤上露，何易晞”，悲切之甚矣！

薤在古代是普遍食用的，和葱、韭、蒜、姜合称“五荤”，但后来很多地方都没有人吃了，只有中医有时还用藠头作药引，谓之“薤白”。

一九七七年九月二十三日

栈

从前在张家口坝上沽源县听人说，北京东来顺涮羊肉用的羊都是从口外去的，不上车运，是从地上赶去的，一边走，一边放，一直放到北京。有人专应这路生意。这得有特殊的本领，除了熟知道路水草，还要不损坏地里的庄稼，——通过田埂时，一鞭子把头羊打起来蹿过，其余的羊一条线跟着过去。还说，羊到了北京，用酒糟喂，几天就上了膘，然后宰杀，叫做“站羊”。为什么叫做“站羊”呢？听说是站着喂的，用栅栏把羊限制住，不能动，只是吃喝，让它长肉。听了，觉得怪有意思。但也只是听听而已，旅行中听到的事情真是所谓道听途说，很难全信，况且这也是过去的事了，现在的东来顺用的羊未必还有那样经历，无从验证。

顷阅平步青《擿眉》，载：“越人岁晚蓄鹅，以精谷喂之，极肥腯，以祀神，呼为‘栈鹅’。栈字不知所云。按《清异录》：‘赵宗儒在翰林时，闻中使言，今日早馔玉尖面，用消熊、栈鹿为内馅，上甚嗜之。问其形制，盖人间出尖馒头也。又问“消、栈”之说，曰：熊之极大者曰“消”，鹿以倍料精养者曰“栈”。是北宋时已有此呼。“栈”字甚古。’”我想，“站羊”原来只是“栈羊”，是用精料催肥的羊而已。用酒糟喂，似有可能。酒糟富营养，又香甜开胃，羊可以多吃，吃得醉醺醺的不想动弹，故易长肉。“站”是因为不知道“栈”字之意，想当然耳地附会出来的。上百只羊，都圈定在栅栏里，站着，一动不动地吃酒糟，这是什么情景呢？

“栈”字我记得《水浒》里是有的。翻开看看，果然有。在第二十五回：

“郓哥道：‘我前日要籴些麦稃，一地里没杂处，人都道你屋里有。’武大道：‘我屋里又不养鹅鸭，那里有这麦稃？’郓哥道：‘你说没麦稃，怎地栈得肥䐛䐛地，便颠倒提起你来也不妨，煮你在锅里也没气？’”

这里，“栈”字的意思就上下文看其实是清楚的，就是用麦稃这样的饲料喂得“肥䐛䐛地”罢了。

我所翻看的《水浒》是没有注解的，想找一本有注解的来看对“栈”是怎样讲的。找出人民文学出版社一九七二年直排本，一看，二十五回的注解的第一条便是“栈”，道是：“养畜鹅鸭猪羊在黑暗而有地板的笼栅里，不使它见光亮，不使它近地，可以迅速肥壮；一般称这种饲养的方法叫做栈。”咦！这样的言之凿凿，比我在口外的旅途中听到的还要具体，看来平步青的考证还是只知其一，我的存疑也是过于保守了。然而我还要再保守一下：在“黑暗而有地板的笼栅里”养活鹅鸭猪羊，听起来总有点奇特；一只两只还可以，像东来顺那样成批的喂养，我以为是不可能的。究竟如何，还要请教一下有实际经验的饲养鹅鸭猪羊的专家。

一九七七年九月二十三日

七

（一九七九年六月二十六日）

德熙：

有一封给季镇淮的信，因不知他的地址，望代为转寄。

我想用布莱希特的方法写几个历史剧，既写一个历史人物的伟大，也写出他不过就是那样一个人而已。初步拟定的两个戏就是《司马迁》和《荆轲》。

我在《民间文学》发表了一篇《“花儿”的格律——兼论新诗向民歌学习的一些问题》，什么时候让你看看，谈《四进士》的文章改了一遍，题目是《笔下处处有人》，寄给《人民戏剧》了。不知他们用不用。如发表，也让你看看。

西四近来常常有杀好的鳝鱼卖。你什么时候来，我给你炒个鳝糊吃。但怕有鳝鱼，你不得空；你有空，鳝鱼又买不着！

我颇好。心脏、血压皆未见不正常，而仍抽烟、喝酒如故。

问孔敬好！

曾祺

六月廿六日

八

（一九八二年五月十九日）

德熙：

我从四川回来了。这一趟真是“倦游”，走了川西、川南、川中、川东不少地方。路上不觉得累，回来乏得不行。十三号到家，每天睡很多觉，到今天还没有缓过来，还是困。等我睡够了，当来看你。

想问你一个问题。

随着一些“新”思想、“新”手法的作品的出现，出现了一些很怪的语言。其中突出的是“的”字的用法。如“深的湖”、“近的云”、“南方的岸”。我跟几个青年作家辩论过，说这不合中国语言的习惯。他们说：为什么要合语言习惯！如果说“深湖”、“很深的湖”、“近处的云”、“离我很近的云”……就没有味道了。他们追求的就是这样的“现代”的味儿。我觉得现在很多青年作家的现代派小说和“朦胧诗”给语言带来了很大的混乱。希望你们语言学家能出来过问一下。——你觉得他们这样制造语言是可以允许的么？

在四川，汽车中无事，“想”了二十四首旧体诗，已被《四川文学》拿去。我发表旧体诗，这是头一回。抄几首短小的给你看看。

成都竹枝词

成都小吃

十载成都无小吃，
年丰次第尽重开。
麻辣酸甜滋味别，
不醉无归好汉来（皆餐馆名）。

宜宾流杯池

山谷在川南，
流连多意趣。
谁是与宴人，
今存流杯处。
石刻化为风，
传言难或据。
迁谪亦佳哉，
能行万里路。

离堆

都江堰有离堆，
乐山有离堆，
截断连山分江水。
江水安流，

太守不归。

江水萧萧如鼓吹，

秦时明月照峨眉。

（余略）

我的小说选集已印出。出版社送来样书十本，市上要半个月至一个月后才有得卖。等我拿到订购的书时，寄给你。

候时安！问孔敬好！

曾祺

五月十九日

九

（一九九一年五月十四日）

梦中喝得长江水，老去犹为孺子牛。陌上花开今一度，翩然何日赋归休？

…………

能早日回来，还是早回来吧。老是在外国，实在不是个事。我前年到美国，第二天就想回来。

北京情况还可以。

我病后精力稍减而食量增加，亦怪。每天上午还能写千把字，“准风月谈”耳。每有会，皆托病不去，亦少与人谈话，不会招来麻烦。

要说的话很多，等你明春回来时再谈吧。

即候旅安！

曾祺

五月十四日

致陆建华[1]

一

（一九八一年八月十一日）

建华同志：

8月5日来信看到。——我到青岛去住了半个月，昨天回来才看到。

我曾在《小说选刊》上发表过一篇《关于〈受戒〉》（大概是今年的第一期或第二期，我手边无此杂志），你要了解的问题，文中大都说了，你可以找来看看。

庵赵庄是有的。那个庵叫什么庵我已经记不得了。反正不叫荸荠庵，荸荠庵是我造出来的庵名。我曾在这个庵里住了将近半年，就在小说里写的“一花一世界”那几间后屋里。三个大和尚和他们的生活大体如小说中所写。明海是虚构的。大英子、小英子有那么两个人。

“四十三年前的一个梦”，无甚深意，不必索解。

《莫名其妙的捧场》我昨天看了。他要那样说，由他说去吧。你要争鸣，似也可以。但不必说是有生活原型的。原因如你所说，小说不是照搬生活。

你的评《大淖记事》等三篇小说的文章，《北京文学》已发在

① 陆建华，一九四〇年生，江苏高邮人。历任高邮县临泽中学教师、高邮县文教局创作组干部、高邮市委宣传部副部长、江苏省委宣传部文艺处处长。

八月号，再有十来天即可见广告。我在青岛还写了一篇《徙》，也是写家乡人物的。估计《北京文学》会用（我到青岛是应《北京文学》之邀而去的）。发表后，你可看看。一个人对一个地方、一个时期生活的观察，是不能用一篇东西来评量的。单看《受戒》，容易误会我把旧社会写得太美，参看其他篇，便知我也有很沉痛的感情。

问好！

汪曾祺

八月十一日

二

（一九八二年十一月十六日）

建华：

来信收到已有几天，我今天下午要到湖南去，匆匆简复：

我没有对你有什么不快，请勿疑心，只是我今年实在太忙，又东跑西颠，不遑宁处，收到的信又很多，实在没有时间回。大概人出了一点名，都有这点苦处。

《钟山》约稿，我记着这事，但何时可以寄稿，真无从估计。我这一年尽写了些散文、游记、旧诗和论文，小说写得很少。答应《人民文学》一年的一篇小说，昨天才赶出来。现在肚子里空空如也，一个题材也没有。湖南途中也许可以想想。如有小说或有意思的散文，当寄去。

我是1920年出生的。生日是阴历的正月十五，阳历的3月5日。

我是1939年夏天离开高邮，经上海，过越南，到昆明的。在昆明考入西南联大。

我这次到湖南是应湖南人民出版社之邀“讲学”的，长沙留几日，还要到湘西去，看看我的老师沈从文的故乡。来去约半个月。

即候近佳！

汪曾祺

十一月十六日

三

（一九八三年九月八日）

建华：

来信敬悉。所说的《小说选》我未收到，不知是怎样的小说选。

嘱请范曾画王氏父子像事恐不能如命。我和范素不相识，连他在何处任职，住在哪里，也都不知道。他的画我是见过的，——在荣宝斋。就我见过的他的画，印象中他是画得比较狂放的，人物都有点醉态。此种画风，画王氏父子，似不相宜。王氏父子是做学问的，其著作简朴严密，其人想必也甚端谨。我想画他们的像宜用规规矩矩的线描。现在画这样的人物画的，国内不多。上海有一个刘旦宅，线描甚有功力。北京有一年纪念曹雪芹，曹的画像，有几位大画家都画了，最后选中的还是刘旦宅的。高邮离上海较近，你们似可派人到上海去找找他。高邮有一个叫陈绍周的人曾搞雕塑，现在在上海戏剧学院教化妆，已经是教授了，他与上海的美术界当有联系。或托陈绍周转问刘旦宅亦可。这是我的建议，供参考耳。

你曾让我找黄永玉画二王像。我与永玉曾极熟，近年不常见。他画汉学家恐怕更不对路，他只能画醉醺醺的陶潜和疯疯癫癫的屈原。

我有回乡住半年的想法，但一直踌躇未决。今年肯定是不行了。九月下旬我将应《钟山》太湖笔会之邀，到苏州无锡逛一逛。

回来后，要应人民文学出版社之约，把一九八一年——九八三年的小说编为一集（篇目已凑齐，共17篇，集子初步定名为《晚饭花集》）。以后还想把散文和评论集子编一编。八三年第四季度将于编书中度过也。明年，将试试写一历史题材的长篇《汉武帝》。这也是人民文学出版社约的。他们来要我写长篇，我因写戏故，曾翻阅过有关汉武帝的材料，觉得这是一个性格复杂而充满矛盾的人物，我对他很感兴趣，就随便说了一句："现实题材的长篇我没有，要写除非写汉武帝。"不想他们当了真，累来催促。这个所谓"长篇"的希望是很缥缈的。几位师友都劝我别写，说很难写。但我要姑且试之。不成，就算了。这样，明年我大概还不能走动，将钻进故纸堆里。

我想回高邮，是有一点奢望的，想写个长篇。题材连一点影子都没有。我想是想写写运河的变迁。半年了解材料，肯定是不够的。如果身体还好，将常常回乡，才能真正有深切感受。到我七十岁时，也许能写出一部反映高邮的"巨著"，上帝保佑！

朱唯宁的书，即当签名寄上。寄到哪里？他的名字是这样写么？

握手！

汪曾祺

九月八日

四

（一九八三年十二月十六日）

建华：

来信悉。所问关于《葡萄月令》的三个问题简复如下：

1. 是的。我下放张家口沙岭子农业科学研究所历四个年头，主要的劳动地点在果园。这个研究所的历史很久了，在德王的察绥政府时，就由日本人办了。所里的果园种了很多葡萄（可参考《羊舍一夕》）。我莳弄葡萄时间较多，故对葡萄相当熟悉。我是个喷波尔多液的能手，果园的工人谁也没我喷得匀，他们都没有我细心。喷波尔多要叶面叶背都喷到，不能少，少则无效；不能多，多了水珠挂不住，就会流下来。因此，夏天，我的几件白衬衫都被染成了浅蓝色的了。这个所里每天劳动都要记日记。我对这些日记很感兴趣，曾翻阅了历年积存的好几册。当时就想把有关葡萄的日记摘出来，未果。这篇《月令》是回京后根据记忆写出来的。

2. 我对《礼记》的《月令》很感兴趣，这是很美的诗。采取逐天记的办法，当然不行，太琐碎。按季记，又太整。当初有想写一篇关于葡萄的散文，就已决定用《月令》的形式。

3. 这问题很难回答。一篇散文最重要的是什么呢？我只是觉得写什么都要有真情实感。不要写自己没有感受过的景色、自己没有体验过的感情。最怕文胜于情，有广告式的感伤主义的调子。散文要控制。要美，但要实在。写散文要如写家书，不可做作，不可存心使人感动。存心使人感动，读者一定反感。

匆复，即候

文安！

曾祺

十二月十六日

五

（一九八四年八月十六日）

建华：

信及《文学信息》收到。

你调到省里来工作，我觉得很好。高邮人眼皮子浅，不能容人，老是困在那里，眼界甚窄，搞不出多大名堂。省里人才多，作协改组后，似有新气象，你到那里好像鱼从河沟里跳入江海，可以增长见识，对写作当大有好处。我以为你这一步是走得对的。

你想写我的著作年表我劝你不要搞。年表这东西，是著作等身的大作家才值得为之一写的（就是大作家的年表也很少有人看，除非是研究他的人）。我一共才写了那么几篇，值不得搞。搞出来了，也是个秃尾巴鹌鹑似的东西，不成个样子。你不必在这上面浪费精力。

我今年写得很少。小说只写了一篇，题为《日规》，寄给《雨花》了（已寄去两个多月了，他们也没有给我回信）。另外写了六篇散文。原因很多。主要是我的那些陈货也贩得差不多了，新的生活又还不熟悉。我倒真想下去一阵，比如回高邮住住。不过高邮很落后，我怕也挖不出多少新东西。客观上是因为我被拉进剧院国庆三十五周年献礼节目的领导小组，老是开会，看剧本，还要给一些不像样的戏打补丁，思想集中不起来。这么下去是不行的，得想想办法。

《汉武帝》尚未着手。很难。《汉书》、《史记》许多词句，看看也就过去了，认起真来，却看不懂。比如汉武帝的佞臣韩嫣、李延年，“与上同卧起”，我就不能断定他们是不是和武帝搞同性恋，而这一点在小说里又非写不可。诸如此类，十分麻烦。今年内一定要先搞出有关司马迁的部分，题曰《宫刑》（这“宫刑”就很麻烦，成年人的生殖器是怎样割掉的，我就弄不清楚）。中国作协明年要创办一个大型刊物，名曰《中国作家》，指望我能给一篇小说，我想即以此塞责。历史小说很难作心理描写，而我所以对汉武帝有兴趣，正因为这个人的心理很复杂。我想在历史小说里写出“人”来，这，难！

丽纹砌厨房事承陆部长[①]出面，谨谢！

匆复，即候文安！

曾祺

八月十六日

① 陆建华曾任高邮县委宣传部副部长。

六

（一九八六年六月二十七日）

建华：

你最近给我的两信都收到。鸭蛋收到，谢谢。高邮鸭蛋还真是名不虚传，其特点是肉质细腻，味道浓，——虽然现在的鸭蛋似乎没有过去的油多了。偶有客来，煮几个给他们尝尝，无不称赞。本想留一部分送人，不想已经吃得差不多了。鸭蛋已快吃完，信却没有回，真不像话！

原因是比较忙。前应《北京晚报》之约，开一专栏，一气写了八篇小东西。近又为《人民文学》赶一篇小说，是纪念老舍之死的。纪念老舍之死而要写成小说，真不好办！这篇东西已交稿，如果通过，将于八月发表。——老舍是8月24日死的。这几天还要为《北京文学》捉摸一篇“京味小说”。林斤澜当了主编，第一炮想打出“京味小说”，我不得不捧他的场。这种由别人出题目的小说是写不好的，我过去也从未这样干过。但愿能打70分，不要自己砸了牌子。

高邮县文联成立了，似乎小小热闹了一阵。副主席陈其昌来了一封信，说给我的请柬寄晚了，很抱歉，他要我送县文联一本《晚饭花集》，还要在扉页上写几句话。写了一首绝句：

风流千古说文游，

烟柳隋堤一望收。

座上秦郎今在否？

与卿同泛甓湖舟。

给我寄来了两期《珠湖》，我看了一下。我有点担心。一是从文联成立的首长讲话中看不出他们准备办几件什么实事。比如搞一个秦少游研究会、王西楼研究会，搜集历代写及高邮的诗文，——县志里就不少，有些写得很好……一是看看青年作者的作品，都比较稚弱，思想、感情都浅，还停留在习作阶段，一时还看不出能出什么尖子。我看关键在领导，没有有识之士愿为家乡的文艺事业耕耘劳作，付出心血。这个县文联恐怕将不免成为一个空架子。

我今年秋后大概会回江苏一次。叶至诚已经邀了我几年。我大概和林斤澜同来，时间可能在10月，因为至诚说要我回来吃螃蟹。临行前会有信给你。

《新华日报》的文章我是应该写的，但要过些时。

匆复，即候

文祺！

曾祺

六月廿七日

致汪家明[1]

（一九八二年三月二十七日）

家明同志：

收到你的热情的信。因为参加优秀短篇小说授奖的会，稍迟复，甚歉。

你对我的作品推崇过甚，愧不敢当。不过你所用的方法，——从历史的角度评价一个作者，我是赞成的。只有从现代文学史和比较文学史的角度来衡量，才能测出一个作家的分量，否则评论文章就是一杆无星秤，一个没有砝码的天平。一般评论家不是不知道这种方法，但是他们缺乏胆识。他们不敢对活人进行诊断，甚至对死人也不敢直言。只有等某个领导人说了一句什么话，他们才找到保险系数最大的口径，在此口径中“做文章”。所以现在的评论大都缺乏科学性和鲜明性，淡而无味，像一瓶跑了气的啤酒。

从你的来信看，生气虎虎，我相信你是可以写好你的毕业论文的。

我的近作除所开目录外，尚有：

《塞下人物记》《北京文学》八〇年

《天鹅之死》《北京日报》八一年

《黄油烙饼》《新观察》八〇年

---

① 汪家明，一九五三年生于山东青岛，曾任山东画报出版社总编辑，三联书店副总编辑、副总经理，中国美术出版总社社长，人民美术出版社社长。时在读于曲阜师范学院（今曲阜师范大学）。

《鸡毛》《文汇月刊》八一年

发表在哪一期，已记不清楚。

八二年所写，除《皮凤三楦房子》，尚有：

《王四海的黄昏》　将刊于《小说界》五月号

《鉴赏家》　将刊于《北京文学》五月号

《钓人的孩子》　《海燕》近期刊出

八一年五月以前的，都已收入北京出版社的《汪曾祺短篇小说选》（包括《黄油烙饼》和《塞下人物记》）。这个选集大概四月可以出版。出版时我大概不在北京（下月初我将去四川），如样书寄到，我当嘱家人寄一本给你。你的论文将于五月底完成，希望能在这之前寄到。否则，你只好就已看到的几篇来立论了。

评论我的文章除已列者外，尚有：

《读〈受戒〉》　唐挚，《文艺报》，何期失记

《是诗？是画？》　宁宇，《读书》，今年年初

我自己写的创作谈，尚有三月号的《花溪》上的《揉面》。

六十年代写的三篇小说：《羊舍一夕》（六二年《人民文学》）、《看水》（六三年《北京文学》）、《王全》（六三年《人民文学》），都已收入小说选。

四十年代（四八年），在上海文化生活出版社出过一本《邂逅集》。小说选中选了四篇。

对你的论文，我提不出建议。只是希望写得客观一点，准确一点，而且要留有余地（如拟发表，尤其不能说得过头）。

预祝你写出一篇出色的，漂亮的，有才华的论文。

我身体尚好，只心脏欠佳，然似无大碍，希望还能写几年。承

关心，顺告。

你也姓汪，这很好。我大概还有一点宗族观念。不过你的论文如发表，会让人以为同姓人捧场，则殊为不利也！一笑。

匆复，即候近佳！

汪曾祺

三月廿七日

致詹幼鹏[①]

（一九八二年七月一日）

詹幼鹏同志：

很对不起，你的论文我直到今天才看完（收到后看了一半，因事打断）。对评论自己的作品的文章提意见，是很困难的。我觉得第一部分写得比较空。第二部分写得比较具体，但也还是夹叙夹议，停留在读后的直感，感情多于分析。研究一个作者，如果只是就他个人的作品来立论，恐怕没有多少话好说。有时需要作一些比较。比如，说我的作品像沈先生，就可以抄出几段来比较一下。说我的淡远的意境似王摩诘，是有眼力的。我年轻时很爱读王维的诗（我大学毕业论文的题目就是《诗人王维》）。这似乎也可以作些比较。中国的这种朴素平淡的风格是有传统的。比如我的某些作品和归有光是颇为相似的。你可以找找《先妣事略》、《项脊轩志》来看看。这种风格无疑地也受了外国的影响。我是很喜欢契诃夫和阿左林的作品的。我只是随便举例，这种事不能“夫子自道”，还是由你来独抒己见为好。

第二部分似可抄寄给刊物（比如《百花洲》）试试，不过恐怕还得再下些功夫，不能省力。

你的小说我还没有时间看。我实在忙得不可开交。你分配后把新的通讯处告诉我，有意见当写信告你。

① 詹幼鹏，生于一九五〇年，江西九江人。作家。时在江西师范大学撰写毕业论文。

论文中有一些错字，希望你自己检查一下。

即问近佳！

汪曾祺

七月一日

致弘征[1]

一

（一九八二年十二月二十八日）

弘征同志：

惠函奉悉。承为治印，极感，如托谌容带来，可告她于到市作协销假时交给作协即可，我当去取。所需照片寄上。“画苑文坛两凤凰”诗二首拜读，觉得写得很贴切，亦饶情致。不知曾寄沈、黄一读否？如寄沈先生，他会高兴的。今年十二月是沈先生八十岁，但他不将生日告人。我去问，则云已经过了。前天我写了一首律诗，补为之寿，抄给您看看：

犹及回乡听楚声，此身虽在总堪惊。
海内文章谁是我，长河流水浊还清。
玩物从来非丧志，著书老去为抒情。
避寿瞒人贪寂寞，小车只顾走辚辚。

① 弘征，生于一九三七年，湖南新化人。曾任湖南人民出版社编辑、湖南文艺出版社总编辑、《芙蓉》杂志主编。

我近日血压增高，只是看闲书永日，新年以后，如身体稍好，当可写一点东西。

顺祝

年喜！

汪曾祺　顿首

十二月廿八日

二

（一九八四年二月六日）

弘征同志：

前承惠寄诗集及近寄诗词日历、书签，都已收到。谢谢。

我已搬家，新址是：北京蒲黄榆路九号楼十二层一号。以后联系，请按新址。并请转告出版社负责寄赠刊物的同志。

我去年十一月去了一趟徐州。在这以前写了几篇小说。进十二月就没有写什么。人很闲而身体似颇好。除夜子时，作了一首打油诗，录奉一笑，知我老境尚不颓唐也：

六十三年辞我去，
随风飘逝入苍霏。
此夜欣逢双甲子，
何曾惆怅一丁儿。
秋花不似春花落，
黄鸟时兼白鸟飞。
敢于诸君争席地，
从今泻酒戒深杯。

颔联是无情对，且是流水对，可谓流水无情对，小游戏耳。

候年禧！

曾祺　顿首

一月五日[1]

---

① 信落款为农历日期，公历是二月六日。

致林斤澜[1]

（一九八三年一月十一日）

斤澜兄：

沈先生的生日在十二月，但他不告诉人准日期，我去问，则说已经过了。我只好写了一首诗补为之寿。抄给你看看：

犹及回乡听楚声，（他今年回凤凰听傩戏，老泪纵横，连说：这是楚声。）

此身虽在总堪惊。
海内文章谁是我，
长河流水浊还清。
玩物从来非丧志，
著书老去为抒情。
避寿瞒人贪寂寞，
小车只顾走辚辚。

听说他一家看了都很高兴，大概是因为写得比较贴切。

我近日血压不稳，在家“养病”，但经医生检查，说是只是血压高，其余部分无甚问题。因此，不必紧张，在家看看闲书也好。今日读川端康成的《离合》（《译林》今年第一期）以为颇好。

---

① 林斤澜（一九二三—二〇〇九），浙江温州人。一九五〇年到北京市文联工作，任文学创作组成员。曾任北京市作协副主席，《北京文学》主编、中国作协理事。

看“画儿韩”电视剧，解放前的当铺似无“副经理”之说，请告友梅问问内行人，剧中有些话也不太“是这里事”。

你要我春节写字画画，自当应命，但要买一点稍好的纸墨，我现在手头有的是女儿买来的矾过的熟纸，不行。

即候佳适

曾祺　顿首

一月十一日

致金家渝[1]

一

（一九八三年一月十八日）

家渝：

前几天我正想给你写一封信，恰好今天收到你的信，这两天我身体又不太好，在家休息，没有做什么事，就先把这封信写了，——过两天一忙，就又没有时间了（我没有什么病，只是血压不稳定，有时接近正常）。

想给你写信，是我忽然想起新风巷口打烧饼的那个“七拳半”。我对他这个外号很感兴趣，想起也许可以写一篇小说，通过这个人，反映一下在新的经济政策之下，个体户的生活的变化。你帮我了解了解他的情况：他的身世，他家有几个人，他结婚了没有，他打烧饼的手艺如何，他跟哪些人来往，他业余有些什么兴趣，他说话有些什么习惯，他的“人缘”好不好，他晚上住在店里还是家里，……总而言之，有关他的一切。而且我很想了解一下类似这样的个体户的种种情况。这事不着急，你有空时打听打听即可。打听时不要露什么痕迹，不要告诉人了解这些干什么。我只想积累一些资料，这样间接了解，也是不大可能写出作品来的，像写出高大头那样的小说，是很偶然的。

---

① 金家渝，一九三四年生，高邮人，汪曾祺妹婿，在高邮市城北医院工作。

陆建华找你了解那些事，是想写文章。他已经发表了有关我的好几篇论文，还想写一篇全面的《汪曾祺论》。其实写《论》也无须了解我的祖父、父母亲。他一定要问，你们可以把太爷、爷的名字告诉他。太爷的功名是“拔贡”，会看眼科，——大概我们的祖先从安徽迁来时就是以眼科医生为业的。爷会画画，刻图章。爷的为人，可以让他向别人了解，我们自己家里人说起来不便。倒是可以告诉他，爷是很聪明的，手很巧，做什么事（比如糊个风筝）都很细心，很有耐心。我的小说写得比较讲究，不马虎，这大概倒是跟爷这点“遗传”有点关系。另外，爷的生活兴趣很广泛，我的小说的不少材料都是从爷那里得来的，小说里的一些人物都是爷的熟人、朋友……这些，只要不是“吹牛”，不妨跟他谈谈。但要向他说明，要写这些，也要写得准确、朴素一点，千万不要夸张。有些情况，他可找张廷猷、刘子平等人了解。甚至王小二子的儿子、保全堂原来的那个先生、连万顺家的人……都可以给他提供一点情况。小姑太爷要是愿意，也是可以谈谈的。你们斟酌着办吧，对陆建华适当掌握分寸就行了。而且，他如果确是为了写文章，你们可以跟他打个招呼，说“文章写出来最好让大哥过过目”。

海珊的对象怎么样了？来信没有提到，想来尚未定局。我还能给他出一点力么，比如再给什么人写信之类？

我去年一年旅行了很多地方。写了一篇新疆的游记，已经在《北京文学》发表，等我买到杂志，寄给你们看看。湖南的两篇游记过两个月也将发表，也会寄给你们，让你们了解了解我的情况，代替写信。今年我不想再到处跑了，但看来要去大连和庐山，因为他们已经约了我两三年。也许秋天还要到太湖去住十天。如到太湖，或许会到镇江和高邮看看。

我倒很想回高邮住一个较长时期。几个出版社都约我写长篇。我想写长篇，还只有写高邮。

今年出的年历不多，北京很少见到。我叫孩子上街看看，如有较好的，当买了给你们寄来。

刚才又来了几个约稿的客人，信被打断，不想再写，以后再写吧。

问娘好，问你们大家都好！

大哥

一月十八日

汪朗工作已分配，在财贸报，工作条件很好，请告诉娘放心。

二

（一九九四年一月二十五日）

家渝：

你找找王尔聪、陈其昌等人，让他们搜集一点王匋民的材料（家世、师承、为人、画风……），最好能拍一些王匋民字画的照片，我想写一篇《王匋民传》。王匋民的画是很有特点的。高邮人真正可以称为画家的实只王匋民一人。

捷子想写写邓胖子，恐怕很难。他切药刀功好，但性格上似没什么特点。我觉得他可以试写“鹿女丹泉”。不要只照传说那样写，要有想象，写得很美，有诗意。要写出鹿和人（和尚）的爱情。《法苑珠林》里有一篇写鹿与人的爱的，可找来看看。这套佛经我这里也没有，扬州师院图书馆不知能不能找到。

《文集》三千套已售完，江苏文艺出版社准备再版。高邮首发式举行了没有？市委宣传部副部长某曾打电话到台湾，让我在电话里讲几句话，他们录了音在首发式上放。我不知道这位副部长怎么能查到我在台北的电话！

我们都挺好。给娘请安，问你们大家好！

大哥

一月二十五日

致徐城北[①]

（一九八三年□月二十五日）

城北：

信收到。

《一匹布》已排出，因鼓师调到二团，就搁住了。他们排戏，我一次也未看过，也有点怕看。你要剧本，今检奉。闻剧本在排练中曾有改动（主要是恢复了一些原有的“哏”），我也未过问。张胤德要试试用检场，我写了几段检场人言。他要一个别致一点的说明书，我也写了，是一首通俗七古。检场人言及说明书抄录如另纸。（原稿不在手头，忆写当有遗误）

我不脱离京剧，原来想继续二十七年前的旧志：跟京剧闹闹别扭。但是深感闹不过它。在京剧中想要试验一点新东西，真是如同一拳打在城墙上！你年轻，有力气，来日方长，想能跟它摔一阵跤。《孔雀裘》极愿一读。——这个剧名我觉得不大好，好像是个才子佳人的戏。不过也许此中有深意焉。

即问令尊、令堂好。

候安！

曾祺

廿五日

---

① 徐城北，一九四二年生于重庆。中国京剧院编剧、研究部主任。

致刘锡诚[1]

一

（一九八三年四月十一日）

锡诚同志：

师大学报的文章我实在写不出来。写什么呢？我想了几天，还订了个很有针对性的题目：《我是个中国人》。我想说我的思想受了儒家思想的影响。我很欣赏“暮春者，春服既成，冠者五六人，童子六七人，浴乎沂，风乎舞雩，咏而归”这样的境界。我的生活态度和创作态度可以说是这样：“万物静观皆自得，四时佳兴与人同”，“顿觉眼前生意满，须知世上苦人多”。我大概可以说是一个中国式的、抒情的人道主义者。我的理想是：“致君尧舜上，再使风俗淳”，是换人心，正风俗。但是这些话怎么可以讲呢？这岂不是自我暴露，把自己给卖了么？这些思想怎么可以和马克思主义扭在一起？特别是在“人道主义”这个问题现在正在“热火朝天”的时候，怎么可以提出这样的问题呢？我真希望有人写写这样的文章：中国的传统思想和马克思主义及现代思潮的关系。你等我再想想吧，也许有一天我能把儒家的“赤子之心”和马克思主义之间的墙壁沟通。至于文章的后一部分倒是好办的，就是我提出过的：回到现实主义，回到民族传统。然而，民族传统又怎能和民族的传统

① 刘锡诚，生于一九三五年，山东昌乐人。作家，学者。时任职于《人民文学》《文艺报》。

思想不发生关系？

这是个很伤脑筋的问题，真不如写小说省力气。我不是个搞抽象东西的人。学报是严肃的刊物，不能用创作经验谈之类的文章塞责。我再想想，再想想吧！

敬礼！

汪曾祺

四月十一日

二

（一九八三年六月十五日）

锡诚：

你为师院学报所约稿已寄上，想当收到。这篇短文[①]，写前即颇犹豫。写的时候倒是放笔直书，说了些真话。寄出后，又很犹豫。这篇东西真可能是左右俱不逢源，姥姥不疼，舅舅不爱。我是写小说的，朋友们都劝我不要发议论。我想也是。好端端的，招来一些是非，何必呢？因此，我希望和师院同志们研究一下，最好不要发表。近来文艺界似乎又有点风吹草动，似宜“默处”为佳。

曾祺

六月十五日

① 即《我是一个中国人——散步随想》，登于《北京师范学院学报》一九八三年第三期。

致杨香保[1]

（一九八三年六月二十五日）

香保：

我已于昨日下午抵京。车票寄上。

我想你最好有计划地读一点书。可以先读《诗经》。写诗和研究民间文学，不读《诗经》，大概不成。三百多首，一天读两首，不到半年，也就读完了。现在有好几种白话译本，读起来不太费劲。以后则可以依时代先后，选读下去。闻一多曾作过一个计划，从《诗经》到《全唐诗》，两年读完。我想不必全读，选读即可。两三年，也就差不多了。读时如果能旁及一些材料，做一点卡片或笔记，则收益更大。我在《民间文学》发表的《读民歌札记》，大部分即是在沙岭子做过笔记的。我曾在几本乐府选集的天地头和行间，用圆珠笔密密麻麻地作了批注。这几年流放期间读过的书，都于“文化大革命”期间被抄走、遗失，可惜！古典、民间文学领域，还有许多可作的事。如《九歌》《礼魂》“成礼兮会鼓，传芭兮代舞……”一段声音之美，就从来没有人说及。稍稍留心，自可有所发现。不难的。你现在五十三岁，定下心来做点学问，还不晚。吴昌硕到五十岁才开始学画，你开始弄文字比他学画要早得多了。

你送我一袋口蘑，这份礼太重了！我很不安。

---

① 杨香保（一九三一 — 二〇一三），辽宁盘锦人。曾在北京市文联《民间文学》编辑部、张家口市文化局等处工作。

因为有好几封信待复，不多及。

即候安好！

曾祺

六月廿五日

致王欢[1]

一

（一九八四年九月二十八日）

王欢同志：

来信收到。我经常收到一些“读者来信”，很少答复。看了你的信，我觉得应该答复一下，因为我从信封到信“瓤”的字迹上来看，你的态度是很诚挚的，这使我很感动。

但是你提出的问题我很难回答。沈先生后来不写小说，有他自己主观上的原因和客观上的原因。两方面，我大体上都有些了解。但是我不想跟你说。客观上的原因，你从我那篇《沈从文的寂寞》的字里行间可以感觉到。在国内，我觉得对于沈先生的作品的评价偏低，是不公平的。怎样才能更准确地理解沈先生的作品？我觉得某些外国人的理解倒是比较客观的。美国选译了沈先生的几篇小说，书名叫做《中国的土地》，沈先生的小说，也无非是写出了中国的这块土地上特有的风土人情吧。至于他在现代文学史上的地位，那该怎么说呢！请你原谅，我不能跟你说实话。你是有鉴别能力的！你自己估量吧。我是沈先生的学生（可以说是“高足”），我的感情当然会有所偏袒的。

你是个牙科医生，却对文学产生这样的诚挚的兴趣，我真是很

① 王欢，一九五八年生，河北唐山人，北京大学口腔医院儿童口腔科医师。

为之感动。希望什么时候我们能见面谈谈。

说不定我有一天会来麻烦你，因为我的牙很不好。

沈先生近年身体不好，偏瘫了，我也很久没有去看他了。如去，见到他，当为替你致候。

即候

时安！

汪曾祺

九月廿八日

二

（一九八四年十一月十一日）

王欢同志：

十一月六日信收到。

我因为为剧院改一个剧本，到贺龙的家乡桑植去了一趟，故未来看牙。从桑植回来后，血压增高（184—100），现在在休息。十二月要开全国作协代表大会。还有些其他杂事（如参与排戏）。我这人很懒，我这口残缺的破牙已经伴随我多年，也许要拖到明年才会来找你看牙。我的牙大概得全拔掉，得等血压平伏一点才能动手术。

你对设立京剧讲座的想法很好。有许多东西可以讲。比如：中国戏曲的“戏剧观”、京剧的美学价值、京剧表演的程式、基本唱腔、曲牌、服装……讲课时还可请名演员来作片段的表演。但是这些题目都不易讲。困难处在要用新的观点、新的语言来阐述，如用西医方法整理中医理论一样。目前能作这样的工作的人颇少。如果由“老先生”来讲，陈旧而无新意，青年人还是不爱听的，适当的时候，我可以向戏曲研究部建议。

你想报名参加民间文学刊授大学，学一点民间文学的知识，是可以的。但是我对一般刊授大学的效果的看法是有保留的。中国民间文学理论一直还没有一个体系。我编过几年《民间文学》，且是执行编委，即为此深感苦恼。搞民间文学，我以为要看几本外国的讲民间文学的书（苏联的、欧洲的、日本的），并要能常在“下面”，即生活在民间文学的活水里。不知道你有没有这样的条件。民间文学是值得搞的，有的民间文学的作品美得令人惊奇。我近在桑植，看到一首土家族民歌：

姐的帕子白又白，
你给小郎分一截。
小郎拿到走夜路，
好比天上娥眉月。

你看，这想象得多么奇妙！但是你也要准备失望，因为民歌（及故事）的雷同性是很大的，必须沙里澄金。

我的家在蒲黄榆路九号楼十二层一号，欢迎你来玩。

候安！

汪曾祺

十一月十一日

致宋志强[1]

一

（一九八五年六月五日）

宋志强同志：

你寄给我的《大同市文学作品选》我一直没有看，——我收到的书刊较多，来不及看。昨天偶然翻翻，才发现书里还夹着你的一封信。信末署明的日期是84年12月24日，距现在已经半年多了！

从信中知道《作品选》里有你的一篇《花鸟情趣》。我看了两遍，总的印象是：有点意思，不够理想。

主要问题是没有写出铁林这个人来。或者说，没有把铁林这个人写透。小说结尾处写了铁林的性格特征，也是思想特征，也可以说是他的人生哲学："咱们人嘛，活的无非就是一口气。"这是点了题了。但是前面写他养花、养鱼、养鸟这点特征写得不够。《庄子》记庖丁解牛，庖丁说："臣之所好者道也，进乎技矣。"铁林应该有他的关于花、鸟、鱼的"见道之言"。比如："人要强，花也就要强。花是知道养花人的心的，它知道你要它开得比谁家的花都大，都好，都香。花就说：'好，我就给你开！'""你给鸟多下一分心，鸟就给你多长一分本事。鸟是不吃昧心食的。多喂一口活食，它就给你多哨一点玩艺"……之类。更重要的是，通过他的

① 宋志强，一九五五年生。作家，笔名乌人。

行动，表现他的独特性格。比如，他养鸟的笼子是自己做的。见人家有好笼子，他会要求人家借给他看两天，然后就选材、破料、刮篾，做拖底、笼圈、“葫芦”（北京人把笼上安钩的曲头叫做“葫芦”，大同不知叫什么）……磨光、上蜡，照样做出一个，比借来的那个还好。他的笼钩是“洋金”的，他的鸟食罐都是旧货，“全堂”（即一套），“粉彩”鸡罐、“油红彩”的金鱼罐、康熙青花……他的笼罩不能是背心、秋裤改制的，他会把老伴新买的的确良裤料裁成几布笼罩，而且安了镀铜的拉锁……总之，要通过各种细节，把这个人不同于“常人”之处写足，把他写得更丰满一些。你现在的材料不少，但都是开流水账似的“数”过去了。要“抻”得开，“铺”得到，要把人物写得更丰满一些。你当然明白我的意思，不是叫你没话找话说，加进很多水分。写小说，要简练，但简练不等于简单。一方面，要控制得住，能少说就少说；另一方面又要“撒”得开。否则，味道不浓。

建议你把叙述次序颠倒一下，先说花，次说鱼，再说鸟。本来他的爱好也是“先是花，后是鱼，完了是鸟”。而且重点是鸟，花和鱼只是陪衬，不能轻重倒置。

鸽子事件不够突出。段长怎么报复他了？我觉得段长除了唆使造反派斗他，打他，最毒辣的一招是带了一伙小将把他的花拔了好些，鱼缸砸破了几口，鸟笼踩扁了几只，鸽屋捣毁了几间，而且给他定的罪名是“搞四旧”，“提笼架鸟，——地主老财的生活方式”……他应该在一气之下，把花盆全砸了，鸽子送了人，鸟都开笼放了。

“文革”之后，那位段长应该遭到一点惩罚，可以把他的段长

“抹”了。

“文革”之后，人心舒畅，应该稍写两笔。铁林之恢复养鸟，应该也是受了别人的影响。——北京“文革”期间即无人养鸟，养鸟人都是“四人帮”粉碎后再恢复爱好的。

我的意见未必妥当，供参考。——小说最后的一段可以不要，太“白”了。

题目不好，这写的不是“情趣”，可以改为《花·鸟·鱼·人》或别的。

你送给我的酒和醋都收到了。酒早已喝光，醋还有一瓶未动。谢谢你。以后望勿给我捎东西。

《晚饭花集》早该出来了，出版社搞了一个荒唐的错误，把封面上作者的姓名印错了，不是“汪曾祺”，而是“常规”，真是莫名其妙！现在只好把印出的书的封面全部撕掉，重印，重订！这一拖恐怕又得两三个月。

《汉武帝》还未动笔。很难。

我身体还好。七月以后，可能要随中国作家团到香港去一趟。

匆复，信写得很草率，望谅。

即候

时绥！

汪曾祺

六月五日

二

（一九八六年九月四日）

宋志强同志：

昨天看到来信和稿子。我近日事忙，只能简单说点意见。

直率地说：这篇东西不行。首先，你要表达的是一种什么思想？你要写的是一个什么人？你对他持什么态度？你可以把他写成一个看起来很积极，但实在毫无头脑，属于“浅思维”型的那种人，从而反映出中国矿工的愚昧的一面，并透视出隐藏在平淡生活下面的历史的悲剧性；也可以写成是一个外表憨愚，浑浑噩噩，迟钝、蹒跚，说不出一句整话的使人失笑的庸常汉子，然而却在灵魂深处闪耀着高贵的微光，闪耀着人性的美。现在却什么也不是。读后印象模糊，不能唤起悲悯、同情、喜悦和深思。

因为你没有把握住这个人物的“核”，所以他的一系列行动便缺乏内在的联系，显得不相连属，可有可无。他出席群英会后，回来汇报，讲吃得好，讲主席老汉吃得好，应该是有特点的。但是因为你自己没有一个角度，缺乏你的“主体意识”，所以并不那样使人失笑。他为什么是个斜眼？斜眼对他的生活造成什么影响？特别是在他的最高动作的瞬间造成什么影响？假如让我写，我就会写在主席老汉出场的时候，摄影记者要拍英模鼓掌欢迎他的镜头。主席老汉还和大家握了手，也和李福贵握了手，摄影记者抢了一个镜头。这张照片应该是很珍贵的，报纸要发表。但是经领导审查，扣压了，因为照片上他的眼睛不是看着主席老汉，而是看着别处。不但缺乏热情，而且很不敬！并且，把记者送给他的照片也没收了。

每一个细节都应该是有用的，对完成你的思想直接或间接有作用。都应该浸透你的主体意识。并且在每一个细节上都要注入你自己的想象。否则细节就是平淡的。

那三个青年和这个“人物”有什么关系？是不是从他们的谈论中反射出这个人物的性格？现在没有。

为什么这个故事要写成发生在汽车上？汽车和这个人有什么关系？要不，把汽车写成一种象征，有某种寓意。比如，象征着时间的飞驰……要不，这辆汽车曾经送过李富贵去开会，又曾接他回来。汽车的女售票员见过李富贵，她有她的看法，并且也断断续续参加了三个青年的谈话。

仅仅凭一点见闻，就写小说，是不够的。小说，要经过作者思考。要把一点事从宏观上、微观上反复审视，直到真正从中攫出某种生活的意义，真正“发现”了一点什么，才能动笔。现在，这篇东西材料已经够了，但是缺乏思考。

建议你看看陈建功写矿工的小说。找两本美国的斯坦培克的小说——如《人鼠之间》看看。

不要着急。应该承认，你现在距离成为作家，还有相当长的路程。

小说稿暂留我处，如需要，请来信，当寄还。

问好！

汪曾祺

九月四日

三

（一九八九年十月九日）

志强：

信及沈风文[1]收到。

沈文我看了一遍，弄不清她要说的是什么。她说我的小说概念化，倒是很新鲜的见解。

我还好。因为签了两次名，少不得要“反思”一下。近来还写了一些散文，“准风月谈”年，现在也只能写写这种东西。写小说一时不可能，大家都不知道今后应该怎么写。

松卿、汪朝今年大概不能来大同玩了。大同大概已经有些冷了。

我12月可能要到福建去，鲁迅文学院在那里有一个函授点，让我去讲课，顺便逛逛。福建我还没有去过，武夷山据说很美。

你好么？有时间不妨写点散文，可以解解闷。

曾祺

十月九日

① 沈风文，指发表在《吕梁师专学报》上的一篇评论汪曾祺作品的文章，作者沈风。

致江连农[1]

（一九八六年五月十二日）

连农同志：

你在很严肃地思考有关戏剧创作的问题。你提的问题我回答不了。今年春天，有一位报纸的编辑来采访我，我信口谈了一些对戏曲的看法，她戏称我为“戏曲界的外星人”，大概是觉得我的某些话有点离奇。既承垂问，我也可以说一点“外星人语”。——其实都是陈芝麻烂谷子，毫不新鲜。

戏曲创作，千头万绪，归根结底，也许只是一个问题：戏曲观念的更新。

中国戏曲是很有特点的，在世界戏剧之林中确实能够自成体系。“无休止的程式”不是它目前不大景气的病根。芭蕾不也是由程式组成的么？中国戏曲有大量平庸甚至低劣的剧目，这些剧目被淘汰或将被淘汰，是自然的事。但是有永不凋谢的不朽的精品。比如昆曲的一些折子戏。有人说：有一出《痴梦》，我们就差堪自慰，可以对戏曲的前景不必过于悲观，戏曲还是有振兴的希望的。这话不是毫无道理。我们对上昆、苏昆的同志充满敬意。昆曲目前并不怎么上座（演员的奖金也不会多），但是他们确认为昆曲是中国民族艺术的精华，充满信心，充满热情，挖掘整理，精益求精，虽不免清贫寂寞，却自觉乐在其中，他们真是一些心灵很美的好

① 江连农，生年未详。戏曲工作者。

人！我们在昆曲调演中看到他们声情并茂，光彩照人的表演，不能不想到他们对于戏曲艺术的忠贞不渝的高贵的献身精神，不能不感动。五十年代，昆曲曾以《十五贯》一出戏轰动全国；八十年代，昆曲又拿出这样一批精致玲珑，发人深思的折子戏，昆曲所惠于国人者多矣！从昆曲的两次“进京”，使我想到一个问题，这反映出人们的戏曲观念发生了相当大的变化。我不是说像《痴梦》这样的戏五十年代绝对不可能演出，但是相信是会遇到阻力的。人们会问：演出这样的戏有什么政治意义？对观众能起到什么教育作用？这样的问题很不好应付。——不像《十五贯》，可以理直气壮地回答：关心人民疾苦，重视调查研究，有人民性！（“人民性”是五十年代戏曲通行证上相当于“验讫”的朱红戳记。）《痴梦》如能在那时演出，大概会被归入这样一档；艺术上可取，内容无害。一个戏曲作品的思想内容落得一个“无害”的评语，实在是非常可悲的事。《痴梦》的思想内容又岂止是“无害”而已呢？我不想在这里探讨《痴梦》的思想，更不想评说《十五贯》和《痴梦》的高下，我只是说《痴梦》对许多人的戏曲观的冲击作用不可低估。《痴梦》（以及其他昆曲剧目如《迎像哭像》、《打虎游街》、《偷诗》……）的出现，是戏曲工作者在十一届三中全会以后对戏曲工作反思的结果，是对“四人帮”文艺专制主义的一个反拨。

五十年代，或按一般说法：“十七年”。我一点不想否定十七年戏曲工作的公认的巨大成绩。但是我不赞成对十七年的戏曲工作作全面肯定。有的同志盛称“十七年”，以为如果回到“十七年”一切就都好了，值得商榷。十七年，我们的各项工作，包括文艺工作都有一个共同的问题，是“左”。难道戏曲独能例外？文艺的

“左”，集中在一点，是：为政治服务。三中全会以后，否定文艺为政治服务，是有非常深远的历史意义的。我们都是从“十七年”过来的。我们都深知政治标准第一，教育作用至上是个什么滋味。第一和至上的结果是：概念化。十七年的许多戏，包括一些名剧，都带有概念化的痕迹。第一和至上的恶性发展，就是“四人帮”时期的“主题先行”。“四人帮”的文艺“理论”，主要是“三突出”和“主题先行”。“三突出”，大家批判得很多了。但是我以为“主题先行”的危害性比“三突出”更为严重。“主题先行”不自“四人帮”始。“四人帮”以前就有，只是没有形诸文字，成为文艺的宪法。而且这种思想至今并未绝迹，至今仍是覆盖在我们的文艺观——戏曲观的上空的阴云。有的时候，云层很厚。

应该认真地研究一下文艺——戏曲的社会功能，戏曲到底有什么作用。应该科学地研究一下戏曲的接受美学。我相信总有一天，我们能用电子计算机测出一出戏对观众心理影响的波动曲线。我不想否定戏曲的教育作用，但是我认为这在观众的接受过程中是最后一个层次。没有人花钱买票进剧场是为了受教育的。我觉得应该强调戏曲的美感作用和认识作用。观众进剧场，首先是为了得到美的享受（不止是娱乐，我是不同意戏曲有所谓单纯的“娱乐作用”的）。这种美的享受，净化了他们的灵魂，使他精神境界提高，使他自觉是一个高尚而文明的人。其次，戏曲引起他对历史和现实的思索，使他加深了对世界、特别是对我们这个民族的认识，增加了对民族的感情。如果要说教育作用，我以为这是最深刻的教育作用，比那种从某个戏曲人物身上提取供人学习的抽象道德规范的作用要实在得多。

如果采用这样的标准，我觉得《痴梦》、《打虎游街》，以及你信中提到的《钟馗嫁妹》、《拾玉镯》，和十七年的某些概念化的作品相比较，其“档次”的高低，不言而喻。

应该强调剧作者的主体意识。近几年大家嚷嚷提高剧作家的地位。我以为作家的地位首先是作家在作品中的地位，而不在当不当人民代表、政协委员。宏观世界并不是凝固不动的，每一个剧作家只能表现他所感知的世界。他有自己的思维方式，自己的表现技法，别人不能代替，剧作家不能随人俯仰。黄山谷曾说：“听它下虎口著，我不为牛后人。”就是你信中所说的不“跟在别人屁股后边走”。国外的理论家近年致力于创作内部规律的研究。咱们的戏曲理论家是不是也可以研究研究剧作的内部规律，研究研究剧作家是怎样写成一个剧本的？如果能说出个道道来，这比给剧作家发一笔奖金更能使人鼓舞。这才是对剧作家真正的尊重。

最后，我觉得剧作家最好是一个诗人。布莱希特之所以伟大，不只因为他创立了一个体系，提出间离效果说，首先，他是个非常有才华的大诗人。

剧作家也应该看看画，比如罗中立的《吹渣渣》。

你问我你的创作之路，追求之路，探索之路该如何走，我只能海阔天空，不着边际地瞎扯一通，请原谅。

祝你碰壁！

汪曾祺

五月十二日

致崔道怡[1]

（一九八六年七月六、七日）

道怡同志：

信悉。

老舍先生在孔庙挨打，大概是事实。据杨沫回忆，他从孔庙被送回市文联时，头上顶了一块手绢；舒乙的文章则说他头部受伤流血，被人用一个戏装的水袖随便地包扎了一下。看来他挨打主要是在孔庙。至于被送回市文联后是否还挨了打，现有文章未提及。林斤澜是市文联在场目击者，他跟我多次谈过老舍之死，没有说他在市文联挨打事。舒乙文章说他去收尸时看到老舍先生身上有血嘎巴，我觉得老舍先生的伤多半是在孔庙挨打留下的。小说为什么没有提及市文联当天的事，是因为我所设想的那个京剧演员刘宝利不大可能到市文联去。略去市文联一节，也可免掉许多麻烦。老舍先生在孔庙挨打与在市文联扔牌子被划为“现行反革命”是一天的事，杨文、舒文有出入。我觉得似是一天的事。不然，老舍先生在孔庙挨打之后的一天，文皆缺记，不可解。因此，我以为小说涉及处可不改。为了稳妥，可以不说“昨儿”，也不说“那天”，含糊其辞较好，免得有乖史实。校样看后，我再酌改，如何？

插画当然好。但是画什么呢？画三个看到老舍先生遗体的人？不好画。我觉得可以找一张与小说无关的画。叶浅予曾给老舍作过

---

① 崔道怡，一九三四年生，辽宁铁岭人，历任《人民文学》杂志编辑、编辑部副主任、副主编。

一张白描的画像，老舍坐在花丛中的藤椅上，甚精彩，也好制版。可问问浅予和胡紫青，这张画还能找到否？我记得此画曾在《新观察》发表过，用此件复制也行，请找找。

曾祺

七月六日

今天早上想起：七月十五日我将到密云水库去开北京市戏曲创作会议，会期约半个月。你们的校样如在二十日送给我，我看不到。——送到密云，又太费事。那么，删改事由你全权处理了吧。怎么删改都行，只要上下文接得上气。

刘宝利说孔庙的事，不必说是“昨儿个”；说老舍在孔庙挨打事也不必说“那天”，只说孔庙挨打的，有他，就行了。

曾祺

七月七日

致吴福辉[1]

一

（一九八七年三月七日）

吴福辉同志：

大札谨悉。

把四六年《文学杂志》复刊作为三十年代京派的复出，我看也可以，但不一定十分准确。在这个刊物上发表作品的有些并非在京的作家，这个杂志的“派”的色彩不那么鲜明。投稿的人也并无比较一致和接近的文学主张。把我算在“京派”里也行吧。严家炎先生就有类似意见，曾当面和我谈过，我没有反对。不过我后来还写作品，近年写得尤较多，那么我现在的作品还算不算是京派或京派的延续呢？我看谈现代文学还是以一些突出的作家为主干，把一些受过某重要作家影响的较次要的作家放在写此重要作家的章节中讲，比较圆通。比如把我放在沈从文的一章去讲，问题就较易说明。不过治现代文学史的同志总爱以派为纲，严先生的书且即名为“流派文学史”，那么听随你们吧。把我安插在哪里都行。其实现代文学史最好不要提我，因为我不但还活着而且还在写着，不能“论定”。

您所编《现代小说集》中所选的《戴车匠》和《异秉》不知是

① 吴福辉，一九三九年生，浙江镇海人，学者，曾任中国现代文学馆副馆长、《中国现代文学研究丛刊》主编。

从哪本书刊里选的。这两篇东西曾于《文学杂志》发表，近年我都重新写过了。《戴车匠》是据《邂逅集》所收的重写的，《异秉》是在没有旧稿的情况下根据记忆重写的。我自己自然对改写的比较满意。不过您要是从史的角度，选用旧作，也可以。我把重写的《戴车匠》另函寄给您。重写的《异秉》在《汪曾祺短篇小说选》里有。小说选签名本寄到后，您就能看到。（《晚饭花集》不知道你们有了没有，也送一本吧。）

《老鲁》《鸡鸭名家》最初发表于何刊物，卷期、年月，我都不记得了。

解放前我发表作品的报刊有《文艺复兴》、《文艺春秋》、《文学杂志》、《大公报》。近年作品多发表于《北京文学》、《人民文学》、《收获》。

邢楚均大概是邢庆澜，原在南开大学。林蒲现在在美国，他的情况和通讯处可问沈从文先生的夫人张兆和。

匆复，即候

文安！

汪曾祺

三月七日

二

（一九九一年二月二十二日）

吴福辉同志：

今天收到人民文学出版社王培元同志寄来《京派小说选》两册。前些时出版社曾寄来稿费，亦已妥收，请转告出版社，并致谢意。

我觉得这本书编得很好。所选各篇不是各家的代表作，而是取其能体现“京派”特点者，这是很有眼力的。前言写得极好，客观公允，而且精到。“京派”这一概念能否确立，有人是有怀疑的。我对这个概念也是模模糊糊的。严家炎在写流派文学史时把我算作最后的京派，征求过我的意见，我说：可以吧。但心里颇有些惶惑。读了你的前言，才对京派这个概念所包含的内容有一个清晰的理解。才肯定“京派”确实是一个派。这些作家虽然并无组织上的联系，有一些甚至彼此之间从未谋面，但他们在写作态度上和艺术追求上确有共同的东西。因此，我觉得这个选集的出版很有必要。一，可以使年轻的作家和读者知道：中国还有过这样一些作家写过这样的一些作品（集中有些作品我都未读到过），使他们得到一点理解和借鉴；二，可供写现代文学史的专家参考，使他们排除偏见，能准确、全面地反映出中国现代文学发展的面貌。你做了一件很有意义的好事，我为此很兴奋，感谢你。

我想买二十本选集，好送青年作家，你能否问问出版社，在什么地方或通过什么途径可以买到。

这本书印数太少了！我觉得可以拿到台湾、香港去出一下。

你写的前言大可在出书之前先发表一下。出书之后，仍可找地方发表一下。

你编这本书做了大量的准备工作，首先要形成自己的卓识、定见，其次是取舍有只眼。又阅读了很多篇初版原始材料。这不是一般编辑所能做到的。严谨如此，深可佩服，谢谢，谢谢！

即候著安！

汪曾祺

二月二十二日

致李国涛[1]

（一九八七年八月三日）

国涛同志：

你的文章在《文学评论》上发表，是一个加拿大人杜迈克告诉我的。当天托人买来了一本，看了。

谢谢你的文章，我看了之后，直觉得有些害怕。一个人不被人了解，未免寂寞。被人过于了解，则是可怕的事。我宁可对人躲得稍远一些。我知道，你说的是我。我是这样。可怕的是你是就我自己说过的一些论点深究的。我赖也赖不掉。我的这些论点本是散见在几篇序跋中，而且只是小声的偶语，不大会引人注意。你现在把这些偶语集中起来，这就几乎把我的全貌勾画出来了，而且发出颇大的声音。这就麻烦了。麻烦之一，是会引起文艺官员比较认真地想一下：这汪曾祺到底是怎么回事？我“这回事”是他们不愿肯定的。这倒也不要紧。我既然说了那样的话，就只能不顾及官员们的感情。真觉得麻烦的，还是怕被人“甚解”。你的文章是一篇好文章。在所有评论我的文章中是最好的一篇。我的儿媳问我：“爸，这人是不是把您捉摸透了？”我说：“是的。”

这篇文章会产生一个好影响：让那些学我的人知道我是怎么回事，免得他们只是表面地摹仿，“似我者死”。——我很不愿意别人“学”我。一个人的气质是学不来的。

---

① 李国涛（一九三〇—二〇一七），江苏徐州人。曾任山西省哲学社会科学研究所《学术通讯》编辑、《汾水》编辑部主任、《山西文学》杂志主编。

《职业》我自己是很喜欢的。但读者多感觉不到这篇小说里的沉痛。杜迈克想翻译我的小说，我本想自荐这一篇，但这无法译为英语。

我的评论文章已结为一本《晚翠文谈》，由浙江文艺出版社出，已看过二校，大概要到明年才能见到书。书出，当寄奉一册。

你是不是在《山西文学》工作？见李锐，望代致候。

我月底要到美国去（应聂华苓“国际写作计划”之邀）。同行者，古华。顺告。十二月中回来。

即候著安！

汪曾祺

八月三日

致施松卿[①]

一

（一九八七年九月二日）

松卿：

现在是美国时间五点二十。我已经起来了一会。昨晚十二时入睡，很快就睡着了，但一点、四点各醒一次。到五点，睡不着了，就干脆起来，倒也不难受，好像已经睡够了。所谓时差，大概就是这样。有人说会昏昏沉沉的，我没有此种感觉。

到了美国，我的第一感觉，是我绝对有把握活着回去，而且会活得很愉快。

昨天刚到爱荷华，洗了一个脸，即赴聂华苓家的便宴——美国火锅。喝了两大杯苏格兰威士忌。邵燕祥担心我喝酒成问题。问题不大。昨天宴后，就给我装了一瓶威士忌回来。聂华苓一家对人都很亲切。安格尔是个非常有趣的祖父。他把《纽约时报》杂志我的全版大照片翻印了好几份，逢人就吹：这样的作家我们不请还请谁？聂华苓的女儿、女婿，都极好。我跟聂华苓说：我在你们家不感觉这是美国。真是这样。非常自由、随便，大家都很机智，但谁也不卖弄。我开始觉得美国是个很可爱的国家。这里充满生活的气味，人的气味。

① 施松卿（一九一八——一九九八），福建长乐人。作者夫人。新华社对外部特稿组高级记者。

美国的生活节奏并不是那么紧张，不像香港。芝加哥机场给人一种有条有理，安安静静的感觉。衣阿华是个农业州，到处是碧绿的。爱荷华更是这样。全城居民六万，有三万是大学生。在美国，不像北京和香港有那样紧张的政治空气。香港的政治空气我觉得甚至比北京还紧张。

在东京、在芝加哥，我觉得公务人员不但都尽忠职守，而且态度平和，对人关心。我们到芝加哥，要改乘联合航空公司的飞机到西丽碧斯，手续本来是很麻烦的，但我用极其蹩脚的英语，居然问明白了。每一个人都很耐心地教给你怎么办，怎么走。美国人没有大国沙文主义。我深深感到中国办事人员的对人的冷漠。很想写一篇杂文："公务员和干部"。

生活条件很好。住五月花（Mayflower）公寓八楼 30D ，很干净，无噪音。美国的煤气灶是不用点火的，一拧就着。你告诉仉乃华，一定要带菜刀、擀面杖，一口小中国锅及铲子。邵燕祥不会做饭，瞎凑合。我昨天检查了一下炊具，不够。聂华苓昨天给了我们一口小锅，一口较深的平底锅，可以对付。另外，稿纸带少了。可以写一点东西的。至少可以写一点札记，回去再整理。我写回去的信最好保存，留点资料。

施叔青想看看对我的评论。她九月到北京，说要去找你。你找几篇比较重要的给她看看；她会复印的。

施叔青访问我很长时间，差不多有八个小时。她要给台湾《联合报》写一篇稿，附我一篇小说。我让她发表《八千岁》。——她要长一点，好给我多弄点稿费。台湾稿费付美金。

台湾已经出了我的短篇小说选。台湾要大量出大陆的书。但不能由台湾出版社和大陆作家发生关系，必须有一个香港代理人。由作家写一委托书。代理人持此委托书方能和台湾出版社订合同。台湾当局强调，必须有合同，而且必须给稿费，——版税。香港《良友》杂志的古剑要求当我的代理人，我已同意。他当然会收一些佣金的。

董秀玉要去我的集子，大概只能在香港出版。三联的稿费不高。管他呢，反正我已经给她了。我这才知道，很多作家对稿费计算是非常精明的。

爱荷华的气候与北京近似，现在只要穿短袖衬衣。但很爽，身上不粘。

听聂华苓的意思，我们的生活费用，可能还要提高一点。九月中，要举行“计划”的二十周年纪念，她请了王蒙、刘宾雁、吴祖光。

给聂华苓的画及对联昨已交去，安格尔一看画，就大叫“very delicate！”

在港听说，《文艺报》近发表一篇文章，把当代中国小说分为四大流派。这篇东西在国外反响颇大。据说有一派是寻根派，把我放在首位。这篇文章你们看到没有？

卉卉好吗？过些日子给我寄一张照片来。

九月二日

二

（一九八七年九月四日）

松卿：

上次的信超重了，贴了两份邮票。美国邮资国内二十二分，国外四十四分，一律是航空，无平信。

我们九月份的安排，除了开幕的 Party，看两次节目，每天有人教英语（我不参加），有五个题目的座谈（每个题目座谈约三次）。聂华苓希望我们参加两个题目：“我的创作生涯”和“美国印象”。“创作生涯”我不想照稿子讲，只想讲一个问题：“作家的社会责任感”。昨天这里中国学生会的会长（他在这里读博士）来看我，我和他把大体内容说了说，他认为很好。“美国印象”座谈时间较靠后，等看看再准备。

我们在这里生活很方便，Program 派了一个中国留学生（他本已在北京国际关系学院任教）赵成才照顾我们，兼当翻译。他是 Program 的雇用人员。

每星期由“计划”派车送我们去购买食物。开车的是台湾人，普通话讲得很好。他对我和古华的印象很好，对赵成才说，想不到这样大的作家，一点架子都没有！这里有一个 Eagle 食品商店，什么都有。蔬菜极新鲜。只是葱蒜皆缺辣味。肉类收拾得很干净，不贵。猪肉不香，鸡蛋炒着吃也不香。鸡据说怎么做也不好吃。我不信。我想做一次香酥鸡请留学生们尝尝。南朝鲜人的铺子的确什么佐料都有，“生抽王”、镇江醋、花椒、大料都有。甚至还有四川豆瓣酱和酱豆腐（都是台湾出的）。豆腐比国内的好，白、细、嫩而不易碎。豆腐也是外国的好，真是怪事！

今天有几个留学生请我们吃饭，包饺子。他们都不会做菜，要请我掌勺。他们想吃鱼香肉丝，那好办。不过美国猪肉太瘦，一点肥的都没有。猪肉馅据说有带15%肥的。我嘱咐他们包饺子一定要有一点肥的。

我大概免不了要到聂华苓家做一次饭，她已经约请了我。

昨天我已经做了两顿饭，一顿面条（美国的挂面很好），一顿米饭——炒荷兰豆、豆腐汤。以后是我做菜，古华洗菜，洗碗。

我们十一月开头的两个星期将到纽约、华盛顿去旅行。最好是住在朋友家。纽约我准备住金介甫家，今早已写信预先通知他（美国人一般都在一个月前把生活计划好，不像中国人过一天算一天）。明天准备写信给李又安、陈宁萍、张充和。王浩的地址我没有带来，你打电话给朱德熙，让他尽快给我寄一个来。杨振宁、李政道我不准备去麻烦他们了，不过，寄来他们的地址也好。到美国旅行，一般都是住在人家家里。旅馆太贵。

聂华苓问古华：汪老准备在这里写什么？古华告诉她我听了邵燕祥的话，不准备写大东西。聂说：其实是有时间写的。那我就多写几篇聊斋新义吧。

聂华苓的一个女儿年底要和李欧梵结婚。李欧梵我在上海金山会议上和他认识。我让他到 Mayflower 来自己选一张画。他在芝加哥大学，会请我和古华去演讲一次。聂华苓将把 Program 的作家名单寄给一些大学，由他们挑选去演讲的人。美国演讲的报酬是相当高的。

我们的生活费分几次给。昨天已给了每人一千美元的支票，在银行开了户头。

我的地址在 Mayflower 后最好加一个 Resident。

曾祺

九月四日

三

（一九八七年九月十一日）

松卿：

前寄三信，不知收到否？我到这里已经十天了，也快。不过我还是想早点回去。

我在这里倒是挺好的。聂华苓对我们照顾得很周到。有一个访问学者赵成才，专门照顾我和古华。有一对华裔夫妇，很好客。他们读过不少大陆作品。《华侨日报》把我和林斤澜的谈话（载《人民文学》）转载了，他们特意剪下来给我留着。我和台湾、香港的作家相处得很好。台湾诗人、画家兼美术史教授蒋勋住在我的对门。他送了我好几本书。我送了他几张宣纸，一瓶墨汁，还给他写了一条字："春风拂拂灞桥柳，落照依依淡水河"（他原籍西安），他非常高兴。香港女作家是个小姑娘，才二十三岁，非常文静，一句话都不说。

我们过几天要到林肯的故乡去，住一天。十一月上旬到纽约、华盛顿。陈若曦在电话里说，我们可以从柏克莱出境。聂华苓说机票可以改的。她要给王浩打电话，通知他我将去纽约。王浩曾到聂华苓家来过两次。看吧。我倾向于由原路回去。

到爱荷华大学看了看。美国大学的教室不大，条件极好。学生上课很随便。讨论课可以吃东西，把脚翘在桌子上。大学生可以任意选课，不分什么系，读够一定学分即可。

爱荷华河里有很多野鸭子。这里的野鸭子比中国的大。野鸭子本是候鸟，爱荷华的野鸭河里结了冰也不走。野鸭子见人不怕。公路上如果有一只野鸭子，汽车就得减速，不能压死它。我们在爱荷华大学的教学楼外草地上看见一只野兔子，不慌不忙地走着，还停下来四面看看。美国是个保护动物的国家，所有动物见人都不躲。它们已经习惯了。

美国人穿衣服真是非常随便。只有银行职员穿得整整齐齐的，打领带。刘阳给我买的枣红衬衫大出风头。公寓无洗衣机，衬衣可以送到楼下洗，收费。我只要自己洗洗衬衫、内衣就行了。吃的东西比较便宜，但有些比中国贵，一包方便面要半美元。房钱得自己付。我和古华合住一套，每月350元，每人175。

来信！

曾祺

九月十一日

四

（一九八七年九月二十、二十一、二十二日）

松卿：

赵成才把《纽约时报》杂志写的关于我的专访译出来给我看了。我看没有什么问题。这一栏的题目是“中国对文化界的镇压”，他们当然会从这个角度来写。其中引用了我的一句话，纯属捏造。但是关系也不大。管他的！我对文艺和政治的意见，自有别的谈话和文章可为佐证。《华侨日报》转载了我和林斤澜的谈话，对我很有利。

我写完了《蛐蛐》，今天开始写《石清虚》。这是一篇很有哲理性的小说。估计后天可以写完。我觉得改写《聊斋》是一件很有意义的工作，这给中国当代创作开辟了一个天地。

硝酸甘油如不好寄，不必担忧。今天有一个学医的湖南访问学者来看我们，他说，没问题，可以找一个相熟的医生开个处方，两三天即可买到送来。很便宜。

我在这里画了几张画，挺好的。台湾的蒋勋建议我和他开一个小型展览会，因为这里学美术的还不懂中国的水墨。我想也可以。

我很好。身体情况的自我感觉比在北京还要好。

二十日夜书

自序

我曾在一篇谈我的作品的小文中说过：我的作品不是，也不可能是中国当代文学的主流。我觉得这样说是合乎实际的，不是谦虚。“主流”是什么？我说不清楚，也不想说。我只是想：我悄悄地写，读者悄悄地看，就完了。我不想把自己搞得很响亮。这是真话。

我年轻时曾受过西方的、现代主义文学的影响。但是我已经六十七岁了。我经历过生活中的酸甜苦辣，春夏秋冬，我从云层回到地面。我现在的文学主张是：回到民族传统，回到现实主义。

一位公社书记曾对我说：有一天，他要主持一个会，收拾一下会场。发现会议桌的塑料台布上有一些用圆珠笔写的字。昨天开过大队书记的会。这些字迹是两位大队书记写的。他们对面坐着，一人写一句。这位公社书记细看了一下，原来这两位大队书记写的是我的小说《受戒》里明海和小英子的对话。他们能一字不差地默写出来。这件事使我很感动。我想：写作是件严肃的事。我的作品到底能在精神上给读者一些什么呢？

我想给读者一点心灵上的滋润。杜甫有两句形容春雨的诗：“随风潜入夜，润物细无声。”我希望我的小说能产生这样的作用。

一九八七年九月二十日于爱荷华

此短序请汪朝抄一下，寄给外文出版社。写信给我的是徐慎贵。

我昨天的讲话，翻译得不错，但有些地方闹了笑话。在谈到“空白”时，我说宋朝画家马远，构图往往只占一角，被称为“马一角”，翻译者译成“一只角的马”，美国工艺美术中有一只角的马，即中国的麒麟。

我和一些外国朋友竟然能用单词交谈，很有趣，我对安格尔说，语言不是人类交往的最大障碍，他说“yes！”刚才一位菲律宾和一位南朝鲜的作家到我屋里来，菲说他祖母是中国人，姓 Kwong，我想是姓邝，南朝鲜作家能用汉字给我们翻译，不过他写的中文是文言文。

我已经写完了《蛐蛐》，很不错。明天要开始考虑写一点什么别的东西了。

台湾出我的小说，出了几个岔子。香港古剑要当我的代理人；昨天又接许达然从芝加哥来电话，说他可当我的代理人，且云新地出版社的负责人郭枫可把版税带到美国来。等郭枫到 Iowa 后，当面跟他谈吧，谁当代理人都可，但不能重了。

我问了一下赵成才，他说电动打字机这里有，他们的基金会就有一架。全新的要150 $，二手货不知要多少钱，但二手货较少。他说纽约不一定比 Iowa 便宜。我让他留心留心，到十二月买。我想到香港也匆忙，且不一定有。你需要，150 $就150 $吧。

我过香港时，因未携带照相机之类，所以购物卡未退给我。他们说没有关系，由香港入境时再填一个即可。方方的电子琴当无问题。

卉卉听话，好极了。

我在此身体情况甚好，能吃能睡。

陈建功来信，说家里有事可打电话给他。

二十一日

《石清虚》已写完。

硝酸甘油已送来。

赵成才去看了电动打字机，有。两种。一种大一点的，一百六十几元，一种小一点的一百四十几元。我后天想去看看（后天要到亚洲中心参加招待会，卖打字机的铺子离那里很近）。

我在台湾出的小说集，几个人要当代理人。古剑来信说，“要乱套”。郭枫十月要到 Iowa 来，我和他当面谈吧。台湾作家黄凡劝我“卖断”，即一次把版税付清，以后再版多少次不管。大陆无版税制度，原来这玩意很复杂。

Program 十一月二十日即开欢送会，不少人想提前走。我也不一定耗到十二月中。看吧。我对到纽约、华盛顿兴趣不是很大，但大概还是会去的。金介甫来信，说他星期一和星期五有时间。美国大学开学了，他们都很忙。

曾祺

二十二日晨

五

（一九八七年九月二十九日）

松卿：

打字机去看了，146 $，是夏普的。美国许多东西都是日本货。是夏普的，则不如在香港买了。我想香港会有的。彩电和录像机也以在香港买为合算。彩电和录像机算两大件，打字机算一小件，那么我只还有一小件可带，就留给方方买电子琴吧。据古华说，我们在香港的停留日期可以申请延长，芝加哥领馆即可代办。

昨天聂华苓给王浩通了电话，王浩说我可以住在他家。这就好了。我原来怕到纽约无处投奔。金介甫说他可以陪我玩两天，但未表示可以在他家住。纽约旅馆一天要100 $，那 Program 给我们的旅游津贴都住了旅馆了。而且没人陪我，纽约我还真不敢去。据说纽约非常乱（王浩的夫人到加拿大去了，这样更好）。

李又安来信，说她们欢迎我到费城去住几天，费城在纽约与华盛顿之间。她请我去给教师和学生作一次非正式的演讲，会给少量报酬。

到华盛顿住什么地方，还没有谱。实在不行，我就不去华盛顿，从费城飞到波士顿去。哈佛请我们去演讲一次。在波士顿住几天，就回 Iowa。

这样，十一月的旅游大体定下来了，我心里就踏实了。否则心里老是嘀咕。

前天我们到 Springfield 去参观了林肯故居、林肯墓和 New Salem State 林肯的小木屋。林肯墓是一个塔形建筑，很好看。墓前有一个铜铸的林肯的头像，很多人都去摸林肯的鼻子，把鼻子摸得锃亮。这在中国是绝对不允许的。我想写一篇散文，《林肯的鼻子》。林肯有一句名言："All men are created equal."林肯的鼻子可以摸，体现了这种精神。我发现美国是平等的。自由是要以平等为前提的，中国很缺乏平等。

《华侨日报》（左派报纸）把我的发言稿《我是一个中国人》、《作家的社会责任感》要去，要发表。可以有一点稿费，不会多。这两篇东西如发表，对我的政治形象有好处。这两个稿子我都没有讲。《中国人》太长、《责任感》过于严肃。我在"我的创作生涯"的会上即兴讲的是另外的题目。

聂建议我和古华搞一次招待会，预备一点饮料，买一瓶酒、花生米、葵花子……，我准备煮一点茶叶蛋，炸一点春卷。外国人非常喜欢吃春卷。Farmer's Market 有南朝鲜货，五毛钱一条，太贵了！自己炸，最多两毛。这里有一家"东西商会"，朝鲜人开的，有春卷皮卖。

我上次在"创作生涯"会上的发言如下：

> 最后一个发言是困难的，因为大家都已经很疲倦。这要怪我的倒霉的姓，姓的倒霉的第一个字母——W。不过大家可以放心，我的发言很短。短得像兔子的尾巴。（笑）
>
> 我想先请大家看两张画（给陈若曦的一张和一只鸟蹲在竹子上的那一张）。我是一个不高明的业余画家。我想通过这两

张画说明两个问题：中国文学和绘画的关系；空白在中国艺术里的重要作用。

中国画家很多同时也是诗人。中国诗人有一些也是画家。唐朝的大诗人、大画家王维，他的诗被人说成是“诗中有画”，他的画“画中有诗”。这是中国文学的一个悠久的传统。我的小说，不大重视故事情节，我希望在小说里创造一种意境。在国内，有人说我的小说是散文化的小说，有人说是诗化的小说。其实，如果有评论家说我的小说是有画意的小说，那我是会很高兴的。可惜，这样的评论家只有一个，那就是我自己。（大笑）

大概从宋朝起，中国画家就意识到了空白的重要性。他们不把画面画得满满的，总是留出大量的空白。马远的构图往往只画一角，被称为“马一角”。为什么留出大量的空白？是让读画的人可以自己去想象，去思索，去补充。一个小说家，不应把自己知道的生活全部告诉读者，只能告诉读者一小部分，其余的让读者去想象，去思索，去补充，去完成。我认为小说是作者和读者共同完成的。一篇小说，在作者写出和读者读了之后，创作的过程才完成。留出空白，是对读者的尊重。

因此我的小说越写越短。（笑）

这样，对我当然是有损失的，因为我的稿费会很少。（笑）

但是我从创作的快乐中可以得到补偿。（笑）

我想这是值得的。（笑）

李欧梵告诉我，我说的作者和读者共同完成是一种很新的理论。有个教比较文学的中国青年学者，说这是萨特首先提出来的。我则是自己发明的。

曾祺

二十九日

六

（一九八七年十月三、五、六、七日）

松卿：

Iowa 已经相当冷了。今天早上下了霜。我刚才出去寄信，本想到对面草地走走，冷得我赶紧回来了。穿了双层的夹克还是顶不住。今天晚上大学图书馆的两个人（大概是头头，一个是俄国人，一个是美国人）请客，我得穿棉毛裤、毛背心去。因为是正式吃饭，要打领带。

昨天中国学生联谊会举行欢度国庆晚餐会。开头请我、古华、聂华苓讲了话。几句话而已，希望他们为祖国争光之类。学生大都是读博士的。年轻人，很热情。他们不理解，有忧虑，担心他们学成回国怎么办，——这样的空气！我们说最近似稍缓和，吴祖光、刘心武即将到爱荷华。——张贤亮、阿城也要来。大家都寄希望于十三大。这里的华文报纸说十三大将是一个转折点，希望如此。晚餐是向这里的中国饭馆羊城饭店订的，但也一点也不好吃，全无中国味。我实在难以下咽，回来还是煮了一碗挂面吃。美国菜（即使是中国饭馆做的）难吃到不可想象的程度。

有几个复旦来的学生，他们在复旦的班上读过《受戒》，又问我当过和尚没有。

施叔青来信，又是要求我的书在台湾出版委托她负责版权的事。我给她回信，说《晚饭花集》可以授权给她，自选集不能。因为自选集小说部分大部分与小说选及《晚饭花集》相重，按台湾的出版法，会损及新地出版社的利益，会打官司的。林斤澜说在港台出书不宜操之过急，亦是。但古剑、施叔青都算是老朋友了，不好拒绝。

台湾作家蒋勋（我和他对门居，关系甚好）告我，《联合文学》又转载了我的《安乐居》，他又将《金冬心》复印寄给一家杂志，这都是应付稿费的。古剑来信说他将为我的《黄油烙饼》及《联合文学》所载的六篇小说争取稿费。我到了美国，变得更加practical，这是环境使然。为了你，你们，卉卉，我得多挣一点钱。我要为卉卉挣钱！

十月三日午

今天晚上，大学图书馆的两个人招待我们晚餐。这顿晚饭不错，比较有滋味。我问女主人：这是典型的美国饭吗？她说：No，佐料都是南斯拉夫的，——她是南斯拉夫人。我吃饱了，回来不用煮挂面。

晚餐会上和与会者相谈甚欢。我大概在应对上有点才能，中肯、机智、不乏幽默。

Minita 宣告我是她的 sweetheart，我当然得跟她贴贴脸，让她亲一下。她是 Program 的组织者，是西班牙人。上次在从 Springfield 回来的车上，她就对赵成才说，她非常喜欢我的性格，可惜不能直接用英语交谈。回来后，她向聂说，所有的作家都喜欢我。聂为之非常高兴。我这人大概有点人缘。保罗·安格尔听说我是她的sweetheart，大叫：Wonderful！

三日晚

四日，到衣阿华州的首府得梅因去参观。上午参观了美国公众保险公司。这个公司收藏了很多美国当代艺术作品。进门就是一个很大的抽象雕塑，是一位大师（我没记住他的名字）的作品。大厅里有很多奇形怪状的雕塑，有的会自己不停地轻轻转动或摆动，——没有动力，只是利用塑体本身的重量造成的。每个办公室里都有绘画和雕塑，没有一件是现实主义的。为什么美国的大企业都收藏当代艺术作品呢？因为美国政府规定，买多少当代艺术品，可以免去购买作品同样数目的税。这样等于用一部分税款去买作品。这是用企业养艺术，这办法不错。

下午去参观一个 Living history farm。美国历史短，各处均保留一些当年遗貌：铁匠炉、木匠房，大车的轱辘还是铁的。还有两处印第安人的窝棚。这在中国人看来毫不稀罕。在一切都电子化了的美国，保存这样的遗迹，是有意义的。我们上午参观了保险公司，他们的办公室全部电脑化了。上午、下午，对比强烈。

晚上，公司请客，在一家中国餐馆。基本上是广东菜，极丰盛。菜太多，后面几道我都没有动。作为主人代表的是一对黑人夫妇。男的是诗人。他在上菜的间隙，朗诵了三首诗。我起来讲了几句话（因为是在中国餐馆，Minita 一定要我坐上座），说感谢诗人给我们念了四首诗，第四首在这里。我把他的年轻的老婆拉了起来。全场鼓掌。老赵说我讲得很好。这种场合，有时需要一点插科打诨。

五日

我今天买了一件高领的毛衣；2 $。已用热水洗了几过。

我11月上旬的行程已定：10/31，锡达拉皮兹—纽约；11/6，纽约—费城；11/11，费城—波士顿；11/14，波士顿—锡达拉皮兹。

六日

我正在考虑，把四篇“聊斋新义”先在《华侨日报》上发表一下，然后国内再用。

十日我们将去马克·吐温故乡。

曾祺

七日

七

（一九八七年十月二十日）

松卿：

十月十四日信昨（十九）日收到，相当快。美国邮局星期六、星期天不办公，赶上这两天，信走得就会慢些。

十八号“我为何写作”讨论会，我以为可以不发言，结果每个人都得讲。因为这次讲话是按中文姓氏笔划为序的，我排在第三名。幸亏会前稍想了一下，讲了这样一些。

> ……我为什么写作，因为我从小数学就不好（大笑）。
>
> 我读初中时，有一位老师希望我将来读建筑系，当建筑师，——因为我会画一点画。当建筑师要数学好，尤其是几何。这位老师花很大力气培养我学几何。结果是喟然长叹，说“阁下之几何，乃桐城派几何”（大笑）。几何要一步一步论证的，我的几何非常简练。
>
> 我曾经在一个小和尚庙里住过。在国内有十几个人问过我，当过和尚没有，因为他们看过《受戒》（这里的中国留学生很多人看过《受戒》）。我没有当过和尚。抗日战争时期，日本人打到了我们县旁边，我逃难到乡下，住在庙里。除了准备考大学的教科书之外，我只带了两本书，《沈从文选集》和《屠格涅夫选集》。我直到现在，还受这两个人的影响。

我年轻时受过西方现代主义的影响，写诗，很不好懂。在大学的路上，有两个同学在前面走。一个问："谁是汪曾祺？"另一个说："就是那个写别人不懂，他自己也不懂的诗的那个人。"（大笑）我今年已经六十七岁，经验了人生的酸甜苦辣、春夏秋冬，我不得不从云层降到地面。OK！（掌声）

这次讨论会开得很成功，多数发言都很精彩。聂华苓大为高兴。

陈映真老父亲（八十二岁）特地带了全家（夫人、女儿、女婿、外孙女）坐了近六个小时汽车来看看中国作家，听大家讲话。晚上映真的妹夫在燕京饭店请客。宴后映真的父亲讲了话，充满感情。吴祖光讲了话（他上次到 Iowa 曾见过映真的父亲），也充满感情。保罗·安格尔抱了映真的父亲，两位老人抱在一起，大家都很感动。我抱了映真的父亲，忍不住流下眼泪。后来又抱了映真，我们两人几乎出声地哭了。《中报》的女编辑曹又方亲了我的脸，并久久地攥着我的手。

宴后，聂华苓邀大家上她家喝酒聊天。又说、又唱。分别的时候，聂华苓抱着郑愁予的夫人还有一个叫蓝菱的女作家大哭。

第二天，聂华苓打电话给我，说她也不知道为什么会大哭，真是"百感交集"，不只是因为她明年退休，不管 Program 的事了。我说：我到了这里真是好像变了一个人。我老伴写信来说我整个人开放了，突破了儒家的许多东西。她说："就是！就是！"我说：我好像一个坚果，脱了外面的硬壳。她说："你们在国内压抑得太久了。"她问我昨天是不是抱着映真和他的老父亲哭了，我说是。她说：“你真是非常可爱。”

不知道为什么，女人都喜欢我。真是怪事。昨天董鼎山、曹又方还有《中报》的一个记者来吃饭（我给他们做了卤鸡蛋、拌芹菜、白菜丸子汤、水煮牛肉，水煮牛肉吃得他们赞不绝口），曹又方抱了我一下。聂华苓说：“老中青三代女人都喜欢你。”

当然，我不致晕头转向。我会提醒我自己。

这样一些萍水相逢的人，却会表现出那么多的感情，真有些奇怪。国内搞了那么多的运动，把人跟人之间都搞得非常冷漠了。回国之后，我又会缩到硬壳里去的。

陈映真是很好的人。他们家移居台湾已经八代，可是“大陆意识”很强。他在台湾是左派，曾经入狱几次。我跟他很谈得来。他“做”了我一次采访，长谈了一个上午。写了一篇印象记。我看了，还不错。他要我的书，我把《晚饭花集》和手头仅有的一本短篇小说选送给他了。——你们从北京寄的书，《晚饭花集》很快就收到了，短篇小说选的那一包一直没到，很可能是寄丢了。真糟糕！他可能会从这两本书里选出一本，在台湾人间出版社出版。我问他会不会和新地出的重复，引起纠纷，他说不会，他会处理的。

我把那四篇《〈聊斋〉新义》给了陈映真一份，他会在他主编的《人间》上发表。如果带了原稿回大陆发表，就成了一稿三投，——［中国］台湾、美国、［中国］大陆。这种做法在国外毫不稀奇。

古华叫我再赶出十篇《聊斋》来，凑一本书交陈映真在台湾人间出版社出版。我不想这样干。我改编《聊斋》，是试验性的。这四篇是我考虑得比较成熟的，有我的看法。赶写十篇，就是为写而写，为钱而写，质量肯定不会好。而且人也搞得太辛苦。我不能像古华那样干，他来Iowa已经写了十六万字，许多活动都不参加。

大陆来的作者，祖光、阿城都表现不错。阿城，大家都喜欢，他公开讲话确是很短。比如“我为何写作”，他只说“我写作只是为了满足我自己”，一句话。但是不像国内传说的，说阿城讲话过短，故作高深状，使听众很不满。不是的。聂华苓很喜欢他，台湾作者很喜欢他，女作家尤其喜欢他。台湾作家，陈映真、蒋勋，都落落大方。

Program是个很好的组织。安格尔是个好诗人。我们在保险公司午宴会上，公司的老板说安格尔是文学的巨人。聂华苓接替他（安仍是顾问）作为领导人，二十年了，真不简单。我在电话里跟华苓说：你不是用你的组织才能，用理想来组织Program，而是“感情用事”，你是用感情把世界上的作家弄到一起来的。她说：“Ya！Ya！”明年，她将退休。Program也许还会延续，但不会是这样了。至少不会对中国作家这样了。古华对她说：“我们赶上了末班车”，他说了一句聪明话。我感到Program可能会中断的。因为听说大学和Program矛盾很深，因为Program的名声搞得比爱荷华大学还要大。这类事，美国、中国，都一样。

我去不去旧金山，未定。我要办在香港多停留的签证，要三个星期。现在不能办，因为到芝加哥、纽约最好带护照，等到我回Iowa再办。我十一月十四日回Iowa，等办好签证，留下的时间就不多了。看吧，来得及，改机票不困难，也许会到陈宁萍家住一下，然后从旧金山出境。

德熙说我在美国很红，可能是巫宁坤的外甥女王渝写信告诉他的。王渝说她写信给巫宁坤，说：“汪曾祺比你精彩！”她说那天舞会，我的迪斯科跳得最好，大家公认。天！

今天下午华苓为陈映真饯行，邀请少数人，我今天大概不会哭。

明天我将赴芝加哥，二十五日回。

曾祺

十月二十日

八

（一九八七年十月二十五、二十六、二十七日）

松卿：

我刚从芝加哥回来，有点累。

我们几个中国作家二十一日先到芝加哥（大队二十三日到），李欧梵请与芝大的中国学生作一次座谈。座谈不限题目。吴祖光谈得较多，我讲得很短。题目倒是很大：我为什么到六十岁以后写小说较多，并且写成这个样子。实际上是讲了一点样板戏的情况，“主题先行”怎么逼得剧作者胡说八道，结尾时才归到题目：搞了十年样板戏，痛苦不堪，“四人帮”一倒，我决定再也不受别人的指使写作，我愿意写什么就写什么，想怎么写就怎么写。

看了西尔斯塔，世界最高的建筑，一百零三层。没有上去，在次高建筑九十六层上喝了一杯威士忌。芝加哥在下面，灯火辉煌。看了半天，还是——灯火辉煌。

和蒋勋看了艺术博物馆，很棒。这几天正在举行一个后期印象派的特展，有些画是从别处借来的。看了梵·高的原作，才真觉得他了不起。他的画复制出来全无原来的效果，因为他每一笔用的油彩都是凸出的。高更的画可以复制，因为他用彩是平的。有很多莫奈的画。他的睡莲真像是可以摘下来的。有名的《稻草堆》，六幅画同一内容，只是用不同的光表现从清早到黄昏。看了米勒的《晚祷》，真美。有不少毕加索的原作。有一幅他的新古典主义时期的画，《母与子》，很大，好懂。也有一些他后期的“五官挪位”的怪画。这个博物馆值得连续看一个月。可惜我们只能看两小时。

前天上午，六个中国留学生开车陪我和祖光去逛了逛。看了一个很奇怪的教堂。这个教叫 Bahai，创始人是伊朗的 Baha。这个教不排斥任何教，以为他们所信的上帝高于一切，耶稣、释迦牟尼、穆罕默德都是此上帝派出的使者。教义很简单，无经书，只有几句格言，如：“你们都是同一棵树上结的果子”……。没有祈祷、礼拜。信教的人坐在椅子上，想你所想的。教徒也就叫 Bahai，乐于助人。任何人遇到困难，只要说一声“Bahai”，就会有教徒帮你。这个教可以入，——入教也并无仪式。教堂是个很高的白色建筑，顶圆而微光，处处都是镂空的，很好看。

我们又开车经过黑人区，真是又脏又旧。黑人都无所事事，吃救济。我们竟然在黑人区的小饭馆吃了一餐肯塔基炸鸡。

昨天晚上，唐人街的一个中药店百理堂的老板请我和祖光去参加一个 Party。这位老板名叫陈海韶，是个画家。我们原来有点嘀咕，不知此人是何路道。去了一看，放心了。此人的画不错，是岭南派，赵少昂的学生。他约来的是芝加哥华人艺术家中的佼佼者，有些是有些名气的。吃了小笼包子、锅贴。会后，他又请祖光和我到九十六层楼上喝了饮料。这一晚过得不错。祖光和我应他之邀，各写了一张字。

今天归途中经过海明威的家乡。有两所房子，一处是海明威出生的地方，一处是海明威开始写作的地方。两处都没有明显的标志，只是各有一块斜面的短碣，刻了简单的说明。两处房子里现在都住着人家，也不能进去看看。芝加哥似乎不大重视海明威，倒是有一个叫 Wright 的名建筑师自己设计的房屋很出名。这所住房的结构的确很特别，但是进去看看要收四美元，大多数人都不舍得。在海明威的房屋前照了几张相，希望能照好。

我的右眼发炎，红了，但问题不大。钟晓阳给了我一点药，说是很好的消炎药。吃了药，洗洗，我要睡了。

二十五日晚

二十一号晚上，芝加哥领事馆请我们吃饭，在湖南饭馆，菜甚好，黄凡要喝茅台，李昂要喝花雕，大概花了领馆不少钱。与领事认识，有方便处。文化领事王新民说以后由芝加哥出境时，他将帮我去办手续，送我们上飞机。

我如在香港停留，将重办英国的签证。因为看了原来的签证，有效日期只到九月二日。来是来得及的。等我十一月十四日回到 Iowa，就办这件事。

二十五日晚

吃了钟晓阳给我的药，睡了一大觉，眼睛基本上好了。我原来有点担心，因为我的右眼曾得过角膜炎，怕它复发了。结果不是。我的感觉也不一样。角膜炎会不断感到“磨”得慌。现在看来已无问题。聂华苓很关心，她说实在不行上医院。Iowa 医院挂号费即要 70 $。已经好了，不必花这笔钱了。

在芝加哥还有一位美国老板老费（他让我们叫他老费）请了一次客。他想拍中国的电影。他是通过张蕾（《红楼梦》电视剧演秦可卿的）和我们认识的。张蕾在芝加哥留学。这孩子很聪明。

我到耶鲁、哈佛等处演讲的题目除了《传统文化对中国当代文学的影响》外，还想讲一次《中国作家的语言意识》。有机会，讲一次京剧，讲的时候可能要唱几句。

旧金山大概不去了。

聂华苓有《聊斋》。十一月十四日以后，我大概就会在 Iowa 写《〈聊斋〉新义》。不急于出版。如果写够一本书，可寄到香港由古剑转给陈映真。

我们的归期不能改。十二月十五日必须离开 Iowa，否则机票作废。到香港逗留几天，即可回家了。我出国时间已经超过一半了，回家在望矣。

刚才接王浩电话，到纽约安排已定。十月三十一日到纽约，由一个美国诗人开车来接我们（王浩自当同来）。十一月一日金介甫带我们出去逛。星期一（十一月二日），郑愁予把我们拉到纽海芬（王浩说我们也可以乘火车去），当天下午四点和七点在耶鲁和另一大学演讲（一天讲完，也好）。星期二、三，王浩请我们去美国最大的歌剧院去看歌剧及听音乐会（贝多芬第七交响乐）。王渝要带我们去看光屁股舞剧。王浩说郑愁予非常欣赏我的 Taste，王浩说："哎呀，真是欣赏！"我在耶鲁也许会讲京剧。两处都会有一点报酬，郑愁予说不会多。古华说，挣一点零花钱。

我回国会带相当数目的美金。不能放在托运行李里（张贤亮的行李全部丢了），也不能放在手提包里（李子云在芝加哥被抢，手提包里的现金、护照、机票全被抢走）。赵成才说，他会给我缝在内裤里，好。

今天下午，我们作了一次讲座，对象是 Iowa 大学的文科高年级学生及研究生。我讲的是“作家的社会责任感”。讲完，提问。一个女生说：她不是提问题，只是想表示 Wang 的讲话给她很大启发，很新鲜，而且充满智慧。Wa！

十月二十六日

这个女生是个左撇子，记笔记很认真，长得不好看，但有一种深思的表情，这在美国女生里很少见。Mayflower 住了很多大学生，女生好像比男生还多。她们大都穿了很肥大的毛线衫，劳动布裤子，运动鞋。不少女生光着脚到处走。前些时天暖和，甚至有人光脚在大街上走。她们穿着不讲究，怎么舒服怎么来。脸上总是很满足，很平淡的样子，没有忧虑，也不卖弄风情。我在 Iowa 街上只看到过一个女的把头发两边剃光，留着当中一条，染成淡紫色。美国大学生不用功，只有考试前玩几天命，其余时间都是玩。他们都是些大孩子。

明天会开给我们旅行支票，下个月的生活补助的支票。我们旅行花不了多少钱，大概靠讲课费就够了。

十一月的最后一个星期六是美国的鬼节，据说很热闹，大家都画了脸或戴面具。如果让我画，我就画一个张飞！过了鬼节，就等着过圣诞节了。

Iowa 的秋天很好看。到处都是红叶。市政当局有意栽各种到秋天树叶变红的树。一天一个颜色。这两天树叶落了。据说到冬天都是光秃秃的。

漓江出版社有没有问我买多少书（自选集）？我想这回多买一点，精装的一百，平装的二百五十。

我的小说选还没寄到，大概是丢了。

曾祺

十月二十七日上午

九

（一九八七年十月三十日）

松卿：

我到美国已经两个月了。日子过得很 smooth。明天去纽约。十一月十四日从波士顿回 Iowa。

寄我的讲话给你们看看。讲的时候我没有带稿子。前面加了一点话：“也许你们希望我介绍中国大陆当代文学的一般情况，但是我不能。我的女儿批评我，不看任何中国当代作家的作品，除了我自己的。这说得有点夸张，但我看同代人的作品确是看得很少。对近几年五花八门，日新月异的文艺理论我看得更少。这些理论家拼命往前跑，好像后面有一只狗追着他们，要咬他们的脚后跟……。因此，我只想谈一个具体的问题：作家的社会责任感。这是一个很没有趣味的问题。”

谈作家的社会责任感

今天我只想谈一个具体问题，作家的社会责任感问题。前几年，中国的作家曾经对这个问题发表了不同的意见。作家写作要不要考虑自己作品的社会效果？与这个问题有关的，还有另一个问题，即作家是写自己，还是表现“人”的生活。

有些作家——主要是为数不多的青年作家，声言他们是不考虑社会效果的。我想写什么，就写什么；想怎么写，就怎么写。他们表现的是自己。我年轻时也走过这样的路。后来岁数渐大，经历了较多的生活中的酸、甜、苦、辣，春、夏、秋、冬，在看法上有所改变。我认为一个作家写出一篇作品，放在抽屉里，那是他自己的事。拿出来发表了，就成为社会现实的一个组成部分。作品总是对读者的精神产生这样那样的影响。正如中国伟大的现代作家鲁迅说的那样：作家写作，不能像想打喷嚏一样。喷嚏打出来了，浑身舒服，万事大吉。

有些作家把文学的作用看得比较直接，希望在读者心中产生某种震动，比如鼓舞人们对于推动中国现代化的激情，促进高尚的道德规范……。他们的作品和现实生活贴得很紧，有人提出文学要和生活“同步”。对于这样的作家，我是充满尊敬的。但是我不是这样的作家。我曾经在一篇小说的后记里写过：小说是回忆，必须对热腾腾的生活熟悉得像童年往事一样。我认为文学应该对人的情操有所影响，比如关心人，感到希望，发现生活是充满诗意的，等等。但是这种影响是很间接的，潜在的，不可能像阿司匹林治感冒那样有效。我希望我的作品能滋润人心。中国唐代著名诗人杜甫有两句描写春雨的诗：“随风潜入夜，润物细无声”，可以用来描述某些文学作品的作用。

谢谢！

在“同步”说以后，我加了几句：我认为文学不是肯塔基炸鸡，可以当时炸，当时吃，吃了就不饿。

到耶鲁、宾夕法尼亚大学、哈佛，讲什么，我真有点发愁。主要讲稿是传统文化对中国当代作家的影响。但我觉得这题目很枯燥。我在爱荷华、芝加哥的讲话都是临时改换了准备的内容，这样反而较生动，到纽约见到郑愁予后和他商量商量，必要时随机应变。

我到纽约，本想带一套深色的西服，穿汪朝给我买的双层夹克，后来考虑，还是穿那件毛涤纶的西服去，因为夹克的口袋浅，机票、钱，容易滑出来。穿涤纶西服，则可以放在里面不同的口袋里。

你到底要买什么东西？电动打字机、彩电加录相放映机？还是什么都不要，带报关的证件回大陆买？说定了，不要一会一个主意。

卉卉、方方的衣服要哪个季节穿的？单的？夹的？冬天穿的？我想还是买冬天穿的较合适。铺子里要问几岁孩子穿的，是不是说一个五岁的，一个四岁的？

古剑要求我把散文集、评论集的在台版税授权给他，我已复信说：可以。反正得在香港委托一个人，集中给一个人，省得麻烦。你寄给古剑的照片、小传等等，“新地”的《寂寞与温暖》要再版时加上。

我十四日回 Iowa，希望你收到信后给我写一信，这样回来可以看到。

Program 送与会作家一批书，自己去挑。我回 Iowa 后去挑。

我回来要吃涮羊肉。在芝加哥吃了烤鸭，不香。甜面酱甜得像果酱，葱老而无味。

听说北京开了一家肯塔基炸鸡店。炸鸡很好吃，就是北京卖得太贵了，一客得十五元。美国便宜，一块多钱，两大块。

我要到外面草地上走走去。

曾祺

十月三十日下午

十

（一九八七年十一月十五、十六、十七日）

松卿：

我又回来了。Mayflower 是我们的家。蒋勋、李昂、黄凡都回来了。他们都说“回家了”。说在外面总有一种不安定感。昨天下午到的。在自己的澡盆里洗了澡，睡在自己的床上。今天早上用自己的煤气灶煮了开水，沏了茶，吃了自己做的加了辣椒酱的挂面，真舒服。我要写一篇散文：《回家》。虽然 Mayflower 只是一个 Residence Hall。

我旅行了半个月。路线是 Iowa City —芝加哥—纽约—纽海芬—费城—华盛顿—马里兰—费城—波士顿—芝加哥—Iowa City。

一路接待都很好，接，送。否则是很麻烦的。芝加哥、纽约、波士顿的机场都非常复杂，自己找，很难找到。纽约住王浩家，费城住李克、李又安家，马里兰住在马里兰大学的宾馆里，波士顿是住在一个叫刘年玲的女作家（即木令耆）家。回芝加哥是打电话请芝加哥领事（管文化的）王新民接我的。最后一站由西达碧瑞斯机场到 Iowa City 是赵成才请一留学生开车去接我的。

在纽约，头一天（三十一号）休息。第二天，金介甫夫妇开车带我们去看了世界贸易中心，即号称“摩天大楼”者。这是两幢完全一样的大楼，有一百多层，全部是不锈钢和玻璃的。这样四四方方，直上直下的建筑，也真是美。芝加哥的西尔斯塔比它高，但颜色是黑的，外形也不好看，不如世界贸易中心。看了唐人街、哥伦比亚大学。一号下午即被郑愁予（台湾诗人，在耶鲁教书）拉到纽海芬，住在他家。两天后回纽约。当晚在林肯中心世界最大的歌剧院看了歌剧《曼侬》。歌剧票价很贵，这个歌剧最高票价95 $。王浩买的是40 $的，二楼。这个歌剧院是现代派的，外表看起来并不富丽堂皇，但是一切都非常讲究。四号白天《中报》的曹又方带我和古华到“炮台公园”去看了看自由女神（我们在世界贸易中心已经看过一次）。远远地看而已。要就近看，得坐船（自由女神在一小岛上），来回得两个小时。不值得。就近看，也就是那么回事。四号晚上听了一个音乐会，很好。前面是瓦格纳的一首曲子，当中是贝多芬的第七交响乐，最后一个我没有记住（说明书不知塞到哪里去了），但曲子我很熟，演奏非常和谐。五号本来王渝要请我们看一个裸体舞剧，剧名是意大利语，我记不住，意思是“好美的屄”。这个剧是美国最初的裸体舞剧，已经演了十几年，以后的裸体舞剧都比不上它。但王渝找不到人陪我们去。王浩没有兴趣（从王浩家到曼哈顿要走很远的路），我们也累，于是休息了一天。

我和王浩四十一年没有见了，但一见还认得出来。他现在是美国的名教授（在美国和杨振宁、李政道属于一个等级）。他家房间颇多，但是乱得一塌胡涂，陈幼名不在。但据刘年玲说，她要在，会更乱。这样倒好，不受拘束。王浩现在抽烟，喝酒。我给他写的字、画的画（他上次回国时托德熙要的），挂在客厅里。

李克、李又安是很好的美国人。他们家的房子是老式的，已经有一百多年历史，干净得不得了。因此我每天都把床“做”得整整齐齐的。他们的生活是美国人里很有秩序的。每天起得较早，七点多钟就起来（美国人都是晚睡晚起的），八点半吃早饭。李克抽Pipe，我于是也抽Pipe（王浩把他两个很好的旧烟斗送给了我，——我到纽约本想买两个Pipe）。李又安得了肺癌，声音都变得尖细而弱了。她原计划今年到中国，因为身体不好，未成行。她想明年到中国去，我看够呛。她精神还好，唯易疲倦。她好像看得不那么严重。你给德熙打电话时，告诉他李又安得了癌。

Maryland大学请我去的是余教授，她是教现代中国文学的。到Maryland的晚上，她请客，开门迎接时说："我是余珍珠。"我以为是余教授的女儿。此教授长得不但年轻，而且非常漂亮。是香港人，英语、国语、广东话都说得非常地道。我演讲时她当翻译，反应极敏锐，翻得又快又好。李又安说她曾在联合国当过翻译，有经验。

费城没有什么好玩的。有一个独立厅，外面看看，建筑无奇特处，只是有纪念意义而已。因为下大雨，我们只在车里看了看。李克说里面就是一间空房子。到宾州大学博物馆看了看，"昭陵六骏"的两骏原来在这里！李克说他曾建议还给中国，博物馆的馆长不同意，说："这要还给中国，那应当还的就太多了！"晚上看了看馆藏东亚美术画册，有一张南宋的画，标题是Fishingman on the river，我告诉李克，这不是打鱼，而是罱泥。李克在第二天我的演讲会上做介绍时特别提到这件事，以示"该人"很渊博。

华盛顿是非看不可的，但是正如那位娇小玲珑的余教授所说：不看想看看，看看也不过如此。去看了"大草坪"，一边是国会大厦，一边是林肯纪念碑。林肯纪念碑极高，可以登上去（内有电梯），但是候登的人太多，无此雅兴也。倒是航天博物馆开了眼界。阿波罗号原来是那么小的一个玩意（是原件），登月机看来很简单，只有一辆吉普那么大，轮子是钢的，带齿。看了现代艺术博物馆。毕加索已经成了古典了，展品大都看不懂。有一张大画，是整瓶的油画颜色挤上去的，无构图，无具象，光怪陆离。门口有一大雕塑，只是三个大钢片，但能不停地摆动。美国艺术已经和物理学、力学混为一体。看了白宫，不大。美国人不叫它什么“宫”，只是叫“白房子”，是白的。据说里面有很多房间，每星期一—五上午十点~十二点可以进去参观。我们到时已是下午，未看。

波士顿据说是很美的，我看不出来。主要是有一条查尔士河，把许多房子都隔在两岸，有点仙境。刘年玲带我们去看了一个加勒夫人的博物馆。加勒是个暴发户，打不进波士顿的“四大世家”的交际界，于是独资从意大利买了一所古堡，原样地装置在波士顿。这是一所完全意大利式的建筑，可以吃饭，刘年玲说这里的沙拉很有名。我们都叫了沙拉，原来是很怪的调料拌的生菜。在国内，沙拉都有土豆，可是这种叫做“凯撒沙拉”的一粒土豆都没有，只有生菜！我对刘年玲说：我很怀疑吃下这一盘凯撒沙拉会不会变成马。去市博物馆看了看，很棒！宋徽宗摹张萱《捣练图》在那里。我万万没有想到颜色那么新，好像是昨天画出来的。中国的矿物颜色太棒了。我很想建议中国的文物局出一本“海外名迹图”。

在波士顿遇法国的一位 Annie 女士。此人即从法国由朱德熙的一位亲戚介绍，翻译我小说的人。她（和她的丈夫）本已购好到另一地方（我记不住外国地名）的飞机票，听说我来波士顿，特别延迟了行期。Annie 会说中文，甚能达意。她很欣赏《受戒》、《晚饭花》，很想翻译。我说《受戒》很难翻，她说“可以翻”。她想把

《受戒》、《晚饭花》及另一组小说（好像是《小说三篇》）作为一本。我说太薄了。她说“可以”。法国小说都不太厚。Annie 很可爱。一个外国人能欣赏我的作品，说“很美”，我很感谢她。她为我推迟了行期，可惜我们只谈了半个钟点还不到。Annie 很漂亮。我说我们不在法国，不在中国相见，而在美国相见，真是“有缘”。

我在东部一共作了五次演讲。在耶鲁、哈佛、宾大讲的是中国文学的语言问题，或中国作家的语言意识，或我对文学语言的一点看法，在三一学院和 Maryland 讲的是《传统文化对中国当代文学的影响》。在三一学院讲得不成功，因为是照稿子讲的，很呆板。听的又全不懂中文。当翻译的系主任说英文稿翻得很好，是很好的英文，问是谁翻译的，我说是我老伴，他说：“你应该带她来。”同样的内容，在 Maryland 讲得就很成功。这次应余教授的要求，还讲了一点样板戏的创作情况。

我在 Iowa city 没有什么事了。二十号要讲一次美国印象。二十四号要到衣阿华州的西北大学演讲一次，我想还是讲语言问题，——我对语言有自己的见解，语言的内容性、文化性、暗示性、流动性，别人都没有讲过。我在哈佛讲，有一个讲比较文学的女教授，说听了我的演讲可以想很多东西。

十五日～十六日

《文艺报》的副主编陈丹晨来了。国内文艺形势大好，《文艺报》全班不动（我在国内听说要改组的）。昨天晚上华苓请丹晨，我带了二十个茶叶蛋去，在她家做了一个水煮牛肉。

过香港停留的签证昨天已经办了。（还是办一下好，你说过境可以停留一星期不可靠，万一不能停留怎么办？）手续费很贵，38 $。我如要提早回来是可以的，但我想还是住满了。而且过香港的签证是十二月十六日开始。

我的讲话《中国文学的语言问题》，《中报》要发表，明后天我要写出来（讲的时候连提纲都没有）。今天没有时间。《聊斋》已发表。王渝在电话里告诉我稿费请古华带来。

你要买什么，开一个清单寄来，不要三心二意，一会要买，一会又不要，我搞不清楚。——单独写在一张小纸上，不要在信里和别的话夹在一起说。

美国的天气很怪。到波士顿，夜里下了大雪。美国下雪，说下就下，不像国内要“酿雪”——憋几天。说停也就停了。下雪，很冷。刘年玲的丈夫说爱荷华要比波士顿低10 ℃，结果我到了爱荷华十分暖和，比我走时还暖，穿一件背心、夹克就行了。我到华苓家吃饭穿的是那件豆沙色的西服。不过昨天下了雨，夜里又冷了。

丹晨和老赵一会来吃饭，我得准备一下。

曾祺

十七日上午

十一

（一九八七年十一月二十二日）

松卿：

你要的《莎士比亚全集》买到了。一厚册。37个戏剧和诗都在内。旧书店有两种，一种7.5 $，一种4.5 $，我买到前一种，因为字体稍大，纸张也好。这种书可遇而不可求。香港买，也不一定便宜。这会对你有用的。同时又买了一本《世界诗选》，这是一本总集体的世界诗选，是分类选的，如田园诗，爱情诗……老赵说这本书很好。也是7.5 $。《文学辞典》没有。老赵和我到旧书店的地下室看了半天，也没有。

今天下午我们去参加“美国印象座谈会”。我讲了三点小事：林肯的鼻子是可以摸的；野鸭子是候鸟吗；夜光“马杆”。会后好几位女士都来摸我的鼻子（因为我说了谁的鼻子都可以摸，没有人的鼻子是神圣的）。聂华苓说：“你讲得真棒！最棒！”我每次座谈都是挺棒的。

刚才我下去（我们住8楼）去看有没有信。那位墨西哥作家（即欣赏我的眼睛和脸的）说我的讲话像果戈里的故事。他太文雅了，讲话没有我那样泼辣。他所以说我的讲话像果戈里的故事，是因为果戈里曾写过一篇《鼻子》的短篇小说。

买了一顶毛线帽子，旧的，0.75 $。回来洗洗，挺好。我原想买一顶新的，没有看到合适的。行了，这顶帽子一直可以戴到北京。

除了告别宴会，不会有什么正式场合。参加宴会时把帽子塞到风衣或羽绒服口袋里就得了。

美国就要过感恩节了。有两起美国人请古华和我吃饭。我得问问人，要不要带点礼物。

汪卉的画很好。她已经会写“卉”字了。我回来后要给她买一盒颜色，一个调色碟，几枝毛笔，一卷纸，让她画大一点的。她好像有画画的才能。

小仉给我打电话来，瞎聊了一气。她到美国好像娇了一点了。她说这两天要给你写信。她在那里很累。英语写作班有150人，两个人改卷子。美国学生英文又错得一塌糊涂。她想家，天天在算日子。

Iowa 大学授予我一个荣誉研究员（Honorary Fellow in Writing）的头衔，我不知这有什么用。证书我留着，带回来看看。反正我也不会嵌在镜框里，把头衔印在名片上。

这里可买的东西我斟量着买，到香港要买的东西务必单在一张纸上开一个清单。我12月15日离 Iowa，17日中午到香港，在香港停四五天，即回北京。到香港后我会打电话回来，告诉你们航班号。我会同时给京剧院打个电话请院里派车接我一下。京剧院是否已搬到自新路去了？

我不想去西部了。Program 11月29日告别 Party。只剩下半个月了，又跑出去折腾一下干什么？大冬天旅行，究竟不方便。住在人家，也不自在。——住在王浩家、李克家是自在的。我游兴不浓，因为匆匆忙忙，什么也看不到。我连纽约、华盛顿、波士顿的大概方位都不清楚，只是坐在汽车里由别人告诉这里是什么，那里是什么。我印象最深的是梵高、毕加索、宋徽宗的画。感恩节到29日大概都坐不住，以后半个月我要写一点东西，《聊斋》、散文。

明天我和古华要到 Iowa 州的西北大学去演讲。我们都不想去，经费少，要坐“灰狗”（长途公共汽车），走三个小时，累死人。学生程度也不知怎样。我还是讲语言问题。

这几天大概要吃火鸡。美国的感恩节都吃火鸡。移民来到美国，发现美国土地如此肥沃，充满感谢，于是就有一个 Thanksgiving 的节。火鸡遍地跑，于是大家吃火鸡。火鸡不怎么好吃。大多是整只的烤的。

有四个外国作家来信，说保罗和聂华苓为 Program 工作了二十年，现在退休了，他们建议将 Iowa 大学的一所建筑以他们的名字命名，请同意者签名，我已经签了。我给华苓和 Minita 都写了一封感谢信。给华苓的写得很感伤。中文原底会带回来给你们看看（英文的请老赵翻译）。

与王渝通了电话，《聊斋》已发了两篇，还有两篇待发。她让古华带了35 $给我，我问她是怎么回事，这算是什么标准？她说她那天在书店里，身上只有那么多钱，不是全部稿费。我叫她把那两篇在我走之前发，稿费也在我走之前寄来。

生了暖气，太干，今天我把暖气关了。北京多少度（这里用华氏，我老是算不过来）？我想我的衣服在这里够了。我还没有穿尼龙裤，还有一件较厚的毛衣，一件羽绒衣，够了。

小仇问汪朝“怎么样”了？没有什么消息吧？

曾祺

十一月二十二日

十二

（一九八七年十一月二十四、二十五日）

松卿：

我给聂华苓的信，原说是请赵成才翻译一下。赵下午从我处取走，中午即将中文稿交给聂。华苓在两点钟（我还没有睡醒）给我来电话，说这封信她将永远保存。原信如下：

亲爱的华苓：

感谢你。

你和保罗·安格尔创立了迄今为止世界上独一无二的伟大的、美好的事业——国际写作计划。

你向全世界招手，请各国作家到这座安静、清雅的小城 Iowa city 来，促膝长叙，杯酒论文，交换他们的经验、体会和他们的心。所有的作家都觉得别人很可爱，并觉得自己比平日更可爱。这是受了你和保罗的影响，因为你们很可爱。

作为一个中国作家，我本来是相当拘束的。我像一枚包在硬壳里的坚果。到了这里，我的硬壳裂开了。我变得感情奔放，并且好像也聪明一点了。这也是你们的影响所致。因为你们是那样感情奔放，那样聪明。谢谢你们。

你是个容易感情冲动的人。因此你才创立了这样一个罗曼蒂克的事业。这种冲动持续了二十年，伟大的，美丽的冲动。

你和保罗即将退休，但是你们栽种的这棵大橡树将会一直存在下去，每到秋天，挂满了绚丽缤纷的叶子，红的，黄的，褐色的……

谢谢你们！

汪曾祺

十一月二十四日

（原信个别词句可能有少许出入，此是就回忆追写。此信为便于翻译，是用英文句法写的。）

这是一封告别信，也是感恩节的信。后天聂的女儿蓝蓝请我们到聂家去过感恩节，估计聂又会提到这封信。她说她要翻给保罗听。

你也替我把这封信保存一下。我要写一篇关于 IWP[①]的散文或报告文学，要引用这封信。我跟华苓说我要正式采访她一下，她同意。坚持了二十年，不容易。这篇文章的题目可能是《聂华苓哭了》。Program 继任者是谁，还不知道。现在是一个叫 Frad 的人代理一年。此人是大学的副教务长，人很好，但名望远不及安格尔，因此向人募集基金就有困难。聂已经向一个基金会筹集了一笔钱，每年两万四千美元，专供大陆作家（包括翻译费）用。聂对中国很关心，许多洋作家说她对中国作家偏心。她说过去就有这样的反映，“那有什么办法！”党和政府对于海外华人的“赤子之心”远

① IWP，即 International Writing Program，国际写作计划。

远了解不够。台湾现在很拉她，Program 在台已有分会。咱们大陆对此等事老是很迟钝，拖拖拉拉。她明年要到台湾主持“华文作家讨论会”，大陆请她随后即来北京，不好么？后天我问清她何时去台湾，将给友梅写一封信。

二十四日

陈若曦来电话，说我送她的画和《晚饭花集》均收到（是托李昂带去的），她说对《晚》集“喜欢得不得了”（她说她全看了），但她没有坚决要求我去西部，所以我不想去西部了。十一月二十九日 ~ 十二月十五日，只半个月，我何苦去奔波一趟。我想就在 Iowa city 休息两星期，写写信，顶多写点散文，算了。《聊斋》续篇恐在此也难写，我得想想。你叫汪朗或汪朝给我买一套《聊斋》的全本。我带来的是一选本，只选了著名的几篇，而这些“名篇”（如《小翠》、《婴宁》、《娇娜》、《青凤》）是无法改写的，即放不进我的思想。我想从一些不为人注意的篇章改写。你原来买过的《铸雪斋抄本》被我带到剧院，已不全。而且影印的字体看了也不舒服。你让汪朗或汪朝买排印本，且价廉的。我想改写《聊斋》凑够十多篇即交台湾出版。

《寂寞与温暖》销得不错。十月—十一月已售一千册。——台湾一版两千册。

古剑要求我把评论集和散文集在台湾出版事宜授权给他，我已同意。让他得2%的好处也无所谓。我答应将《晚饭花集》授权施叔青。反正在国外［外面］就是这样，交情是交情，钱是钱。像林斤澜那样和浙江洽商《晚翠文谈》，门也没有。

Program 让我们推荐将来参加的作家，我准备提林斤澜和贾平凹。但他二人身体均不好，贾平凹又拙于言词，也很麻烦。作家最好能说会道。去年燕祥在此，即留给人印象不深，因为他太谦抑了。倒是阿城，魅力至今不衰。女人对他尤为倾倒。魅力最大的是刘宾雁，他在美国，几乎成了基督。这是应该的。

美国人对中国所知甚少。我在讲《林肯的鼻子》时说我回国后也许会摸摸邓小平的鼻子，一部分人大笑，另一部分人则木然，因为他们不知道邓小平是谁。及至聂华苓解释，邓是中国实际上的最高领导人，他们才“哄”然一下大笑。我在北方爱荷华大学演讲，谈到“四人帮”时期的创作方法：“三结合”，“三突出”，“主题先行”，他们觉得这太不可思议了。不过，还是听懂了。一个教中国现代文学的教授说，我原来讲“四人帮”时期的文学，他们都莫名其妙；你一讲，他们明白了。——我原来想讲语言问题，经和客座教授交换意见，认为那太深，临时改题：“‘文化大革命’期间我们是如何创作的”。这样讲了半小时，效果甚好。

二十四日

爱荷华的树叶全落了，露出深黑色的树干。草也枯黄了。我在这里还有整二十天。很奇怪，竟然有点依依不舍的感情。

明天感恩节，应该送点礼物。蓝蓝的，我留一张画给她（是她自己挑的）。给聂华苓什么呢？黄凡送了我一个水晶玻璃的盒子，用来转送别人，不合适。茶叶还有，但她家里茶叶有的是。忽然想起，可以送她两枝毛笔。装在一个锦盒里，还像样。我这二十天里不会再画画，也没有纸了。要画，还有两枝用过的笔。——这两枝是没有用过的。笔，我回来再买就是了。

已写信给梁清濂，问她剧院能否派车接我，让她回信寄至古剑处。

《一捧雪》后来不知演出过没有？我对这个戏比较满意，证明我的试验是成功的，小改而大动，这给戏曲革新提供了一个例证。演员也好。

我回去将给艺术室讲一次美国见闻。我曾经给出国的人提过意见：你们出了一趟国，回来也不给大家讲点什么呀？作法自毙。不过只是聊聊而已，用不着准备。我不会做大报告。

在美国报纸上看到沈公奇迹般的痊愈了，是吗？你打电话给张兆和问问看。我在耶鲁未见张充和，因为她已去敦煌。

我回去大概得办离休了。

收到此信，即复一信，估计还能收到。这是你寄到 Iowa city 的最后一封信了。有什么话，扼要地说说。

我要回来了，很兴奋！

曾祺

十一月二十五日

十三

（一九八七年十二月六、七日）

松卿：

已接许以祺从休斯敦寄来台湾联合文学出版社委托他作为出版社代表人和我订版权转让契约（这次是出版社找了代理人，不是我找代理人）。两种，一种是初版付10%版税，以后延续；一种是一次付清版税（即所谓“买断”），五万新台币，折合美金一千五百元。我倾向于后一种，省得以后啰嗦！不过我两种都签了，由他斟酌。台湾出书很快，交稿后十天即可出书。这本书可能明年一二月即出。拿它1500 $再说。

我过香港停留签证已从芝加哥英领馆办下，可以停留七天。我已致函芝加哥中国领事馆王新民领事，请他帮我办一下出境手续（我前在芝加哥已向他提出，他说没问题），临行前三四天再给他去个电话。他把我送上飞机，即无问题。香港方面，我已给董秀玉、潘耀明、古剑去了信，他们一定会接我的。临行前也要给潘耀明去个电话。到了香港，就踏实了。

两位黑人学者请我去聊了一晚。一个叫Herbert，一个叫Antony。Herbert 在一次酒会上遇到我，就对我很注意。以后我每次讲话他都去听。他认为我是个有经验、有智慧的人。他读了四个学位，在教历史，研究戏剧。他跟我谈了他的一个剧本的构思，我给他出了一点主意，他悟通了，非常感激。跟他们谈了五个小时，使我明白了一些美国黑人的问题。他们没有祖国，没有历史，没有传统。他们的家谱可以查到曾祖父，以上就不知道了，是一段空白。因为是奴隶。他们不知道他们是从非洲什么国家，什么民族来的。非洲人也不承认他们，说“你们是美国人”。他们只能把整个非洲作为他们的故乡，他们不知道他们的族名。Black people，Negro 都是白人叫的，他们不知道自己叫什么。他们想找自己的文化传统，找不到。美国的移民都能说出他们是从英格兰来的、苏格兰来的、德国来的、荷兰来的……他们说不出。

我从他们的谈话里感到一种深刻的悲哀。我说了我的感觉，他们说“yes！yes！yes！”

我这才感到“根”的重要，祖国、民族、文化传统是多么重要啊。我们有些青年不把民族当一回事，他们应该体会一下美国黑人的感情。他们真是一些没有根的人。Herbert 说《根》那本书是虚构的，实际上作者没有找到根。他们说 Iowa 种族歧视好一些，有些地方还很厉害。种族歧视的取消，约翰逊起了很大作用。Herbert 出去当了四年兵，回来时发现：这是怎么回事，全变了。黑人可以和白人坐一列车，在一个餐馆吃饭。但是实际上还是有区别的。白人杀了黑人，关几年，很快就放出来了；黑人杀了白人，要判重刑，常常是一辈子；黑人杀黑人，政府不管：你们杀去吧，这样才好！

他们承认，美国黑人大部分都很穷、很脏、犯罪率高。我问他们这主要应该由制度负责，还是黑人自己负责。他们沉思了一下，说主要还是制度问题。从南北战争到现在，二百多年了，黑人始终不能受很好的教育，住得不好，吃得不好，所以是现在这样。我说黑人当中正在分化，一部分受了教育，成了中产阶级，一部分仍处在贫穷状态中，是不是这样？他们说：是。我在芝加哥看到不少黑人女人，穿戴很讲究，珠光宝气。有些人，比如他们，已经是大学的学者。他们说中产阶级是有的，但黑人里没有一个是大企业主。本届总统竞选，有一个候选人是黑人，这是历史上没有过的。我问他们上升为中产阶级的黑人，在“心态”上比较接近白人，还是比较接近下层黑人，他们不假思索地说：“白人。”因此下层黑人也不把上升为中产阶级的黑人当做自己的人，说“你们和我们不一样”。我问，下层黑人希望你们为他们做什么，他们说：“他们希望我们替他们说话，但是我们不能这样做。鞋子只能自己提。能解决他们问题的，只能是由他们当中出来的人。我们，只能写他们。”黑人问题是美国一个大问题。我问他们怎样解决，革命，这是不可能的。他们说，只能通过教育。这是美国阶级斗争的一种很特殊的形式。最后 Herbert 问我：“我们找不到自己的历史，你说我们应该怎么办？”我说：既然找不到，那就从我开始。他说：“That's right！”

（此信这一部分请代为保留，我回来后也许会写一点关于黑人问题的文章）

我想这篇文章的题目可以是《悬空的人》。

十二月六日

Herbert 要了解中国的京剧，我把那份英文稿送给他了。

就在 Herbert 等找我聊天的当夜，发生了一件事：我的房间失窃了。这位小偷不知是怎么进来的。搬走了我屋里的电视机，偷了我600 $现款。就在我熟睡时。这位小偷挺有意思。除了这些东西，他把我的毛笔、印泥、空白支票本、桌上不值钱的（别人送我的）小玩意都拿走了。连同我给汪卉买的系小辫的小球球也拿走了。把我的多半瓶 Vodka 拿走了。他一定还尝了一口，瓶盖未拿走。刚才我才发现，把台湾《联合日报》副刊主编陈怡真（女）送我的一个英国不锈钢酒壶也拿走了。瓶里有聂华苓给我灌的威士忌。今天下雨，冷，我想喝一杯威士忌，才发现酒壶也叫他拿走了。聂华苓说 Program 将从基金内开一张支票给我，说：你到香港可以给孩子买点东西。她很抱歉，发生了这样的事。这类事在 Iowa 发生得不多。我第二天即通过老赵报了警。警察也代表 Iowa City 道歉，他说两三天内可以侦破。不过按美国惯例，退还赃款得要半年。因此，聂华苓说给我开一张600 $的支票，我就拿着吧。Program 没有多少钱，但600 $在 Program 还不算什么。保罗说幸亏我当时熟睡未醒，否则将不堪设想，“该人”会给我一刀。Iowa 治安是很好的，竟然发生了这样的事。美国治安可见一斑。从这位“雅贼”的行径看，此人肯定是一酒徒，说不定还是吸毒者。他知道中国人身边爱存现款（美国人家一般不存100 $以上现款，都是开支票）。这件事本不想告诉你，现在聂华苓已解决600 $，还是告诉你吧。这不怪我，身边有那么多现款是因为到东部旅行而取出来的。聂华苓说我们走时将给我们开“旅行支票”，这样就保险了。不过旅行支票国内能取么？

我倒还没什么，古华吓得不得了。现在 Mayflower 八楼只有三个人住：古华、我，还有钟晓阳。我跟聂华苓通电话，觉得还是不告诉钟晓阳为好，免得她害怕。聂同意，但嘱我们以后如有人请客，最好带她一同去，一个二十三岁的女孩，一个人住两间房，是有点怕人。

近日镜中自照，觉得我到美国来老了很多，很明显。这样好，免得麻烦。承认已到晚年，心情是很不一样。

聂华苓听说陈怡真送我的酒壶丢了，高兴极了，说："我正想送你什么好，这下好，我再买一个送给你！"她知道你给我的皮夹子也丢了，说："正好，我有一个很好的皮夹子。"我的皮夹子里没有什么，只有几十元的人民币，这位贼把人民币偷走，干什么用呢？幸好，他没有把我的护照、机票拿走，否则就麻烦了。古华分析，此贼很可能是对我喷了轻量的麻醉药，否则不敢如此从容（他把我每个抽屉都翻了一遍）。可能。据昨日遇到的一位研究细胞的女学者说：美国现在有一种轻量麻醉剂，醒来后毫无异常感觉。此事亦我美国奇遇，可记也。

六日

美国的治安真是不好。刚才老赵电话中告我，Minita 听说我失窃，很不好受。她说美国好像专偷作家。南朝鲜诗人吴世荣（此人和我很好）在三藩市把所有的东西，包括现款、支票都被人偷了。菲律宾的一位女作家在纽约机场排队时，一只手提箱被人拿走。我回来可就这种现象写一篇《美国家书》——我准备回来写一系列散文，总题为《美国家书》。

我离回家还有一个星期，我就看看书吧，看看安格尔的诗，聂华苓的小说（包括她翻译的亨利·詹姆士的小说——詹姆士的小说真是难读，沉闷的要死），还有别人的作品——美国华人作家寄给我不少他们的作品。读读海外华人的作品也很有意思，和大陆的全不一样。有的像波特莱尔，有的像 D.H. 劳伦斯。他们好像打开了我多年锈锢的窗户。不过看起来很吃力，我得适应他们的思维。我这才知道，我是多么“中国的”。我使这些人倾倒的，大概也是这一点。

致彭匈[1]

（一九八八年八月七日）

彭匈同志：

漓江已将“自选集”的样书寄给我（我未查点共多少本）。印数只2450册，真惨。我在一次会上提起，康濯说：这还算好的。现在征订数如此之少，出版界真是遇到了空前的困难。漓江一定为这本书赔了不少钱，我心里真是不安。书的装帧还好，只是颜色有点“自来旧”。有出版局的同志估计此书必可再版，但愿如此。

这次文代会不会爆出什么“幺蛾子”，上面已经一再打招呼，一些旧事不再提，安定团结，向前看。估计有些有不平之气的青年也不会嚷嚷，因为嚷嚷也没用。

我一切均好。散文集已交作家出版社。书是他们约的，但一定也很为难。现在出书难，连王蒙的书也躺在人文的抽屉里睡觉。熊猫丛书将出我的英文和法文小说选。法国一女士Annie Curien译了我三篇小说，成一本书，不久可出版。中国作家现在只能到外国、台湾去赚外汇，思之可悲。

匆候

著安！

汪曾祺

八月七日

① 彭匈，生于一九四六年，江西吉安人。时任漓江出版社编辑部主任。

致陆翀[①]

（一九八九年三月九日）

这篇小说[②]有生活。语言也不错，有后套的特点。

缺点是：

一、感情不够深沉。老魏福、老李耿以及周围的人，都是很可悲悯的。他们对生活的想法，他们的生死观，他们的心态，都是使人震颤的。这是一些生活在贫穷、落后、封闭的土地上的“土人”。写好了，可以向人们指出：这就是中国。写的时候，越冷静越好，不要把感情露出来，甚至可以有点调侃。

二、结构太乱。主要人物应是魏福，李耿只是个陪衬，不能平分秋色。建议把这两个人分开写。先写李耿，后写魏福，叙述和众人对魏福的议论要分清，不要一会叙述，一会又写众人的议论。先写魏福的死，再回叙魏福的一生，最后再写他的喜丧的场面。

材料要筛选一下。每一细节，都要有作用，都能表现出这个人。比如李耿要卖鹰膀子、吃猫肉，本来都是挺有意思的，现在只是说了两件事，没有写出李耿这个人。

注意分段。什么地方切开，要产生“意义”，造成全文的节奏，于节奏中出感情。

建议你看看李锐的小说，看看他的叙述的冷和内在的悲凉。

---

① 陆翀（一九〇八—一九九七），江苏常熟人。画家。

② 即陆翀的小说《喜丧》。

我事忙，没有时间仔细地分析你的小说，只能说一点笼统的印象。

汪曾祺

三月九日

致解志熙[1]

（一九八九年八月十七日）

志熙同学：

北京市作协前几天才把你的信转给我，迟复为歉。

《邂逅集》我原有一本（“文革”中是为了准备自我批判保留下来的），但不知塞在哪里，找了一天没有找着。什么时候找出来，即告诉你。我四十年代所写小说除了《邂逅集》及你提及的几篇，还有一些，如《待车》《绿猫》等等，但都未保存。这些东西都不值得一看，你也不必费事去找。

所问问题条答如下：

1. 我读阿左林、纪德等人的作品都是翻译的。纪德的作品我比较喜欢《田园交响乐》和《纳蕤思解说》。纪德把沉思和抒情结合得那样好，这对我是有影响的。但是有什么具体的影响，很难说。阿左林是个超俗的作家，“阿左林是古怪的”，我欣赏这种古怪。他的小说是静静的溪流。他对于世界的静观态度和用写散文的方法写小说，对我有很大影响。

2. 萨特在四十年代已经介绍进来，但只是一些零篇的文章和很薄的小册子，他的重要作品没有翻译。当时只是少数大学生（比如中法大学的学生）当着一种时髦的思潮在谈论，大家不太了解“存在主义”的真义。关于萨特在四十年代译介的情况可问问陈占元教

① 解志熙，一九六一年生，甘肃环县人，现任清华大学中文系教授，硕士生、博士生导师。时在北京大学中文系读博士学位。

授（北大西语系，已退休），他当时在大后方，本人似即曾为文介绍过萨特。

3. 关于作者的态度，这问题比较复杂。我不喜欢在作品里喊叫。我当时只有二十几岁，没有比较成熟的思想。我对生活感到茫然，不知道如何是好。这种情绪在《落魄》中表现得比较充分。小说中对那位扬州人的厌恶也是我对自己的厌恶。这一些也许和西方现代派有点相像。现代派的一个特点，是不知如何是好。使我没有沦为颓废的，是一点朴素的人道主义，对人的关心，乃至悲悯。这在《老鲁》、《鸡鸭名家》及较晚发表的《异秉》里都有所表现。

4. 我确是受过废名很大的影响。在创作方法上，与其说我受沈从文的影响较大，不如说受废名的影响更深。

5. “京派”是个含糊不清的概念。当时提“京派”是和“海派”相对立的。严家炎先生写“流派文学史”时征求过我的意见，说把我算作最后的“京派”，问我同意不同意，我笑笑说：“可以吧。”但从文学主张、文学方法上说，“京派”实无共同特点。如果说在北京的作家而能形成流派的，我以为是废名和林徽音。我和沈先生的师承关系是有些被夸大了。一个作家的作品是不可能写得很“像”一个前辈作家的。至于你所说我和沈先生的差异，可能是因为沈先生在四十年代几乎已经走完了他的文学道路，而我在四十年代才起步；沈先生读的十九世纪作品较多，而我则读了一些西方现代派的作品。我的感觉——生活感觉和语言感觉，和沈先生是不大一样的。

以上答复不知对你有没有一点帮助。

希望你的论文不要受我的看法的影响。你可以任意发挥。又，我希望你的论文在我的作品上不要花费太多笔墨，我对少作，是感到羞愧的。

即候

文祺

汪曾祺

八月十七日

致陶阳[1]

（一九九一年一月十五日）

陶阳同志：

收到《中国神话》及《中国创世神话》，谢谢！

前二年听说你身体不好，能够连续完成这样的著作，想来没有什么大病，是可贺也。

前天得河北人民出版社所赠紫晨编的《民俗的调查和研究》，昨又得贤伉俪所赠二书，觉得很欣慰：中国的“民间文学”工作终于走上一条正路了！我一直认为“民研”工作带有很大的科学性，本身是一项学术工作，但是十七年受了“左”的思想的干扰，有些人从实用主义出发，总想使民间文学直接为政治服务，片面强调其教育作用。从事民间文学的多数同志又不明白这工作的性质和意义，得到资料，只想作为一般作品，署名发表，在民间文学能否整理加工问题上争吵多年。这实在是缺乏常识，毫无意义的争吵。现在看起来，“民协”的领导人似乎明白多了。但“下面”（分会）的同志恐怕还不明白。据我所知，地方上往往把一些资历甚深，而又不能搞创作的“作家”分配到民研会当负责人，他们不读书，不研究，只想当官，这样怎么能搞出名堂呢！我希望你和钟秀以及紫晨等人能用自己的著作开一时风气，对“民研”工作局面能有所扭转。

---

① 陶阳（一九二六—二〇一三），山东泰安人。曾任《民间文学论坛》主编。

“民协”内部这些年似不大太平，除人事纠纷外，根本问题仍在学术思想有分歧。而人事纠纷上与学术思想分歧有关联。我估计你们的工作也会遇到种种干扰的。我幸已脱身，但对你们工作的处境仍颇关心。希望你们能舒畅地工作，取得更大成绩。

大著尚未阅读，只前前后后翻了一下，如有浅见，当即奉陈。

此候

著安　并问钟秀同志好！

曾祺

一月十五日清晨

致范用[1]

一

（一九九一年二月二十六日）

范用兄：

近作两首，录奉一笑。

辛未新正打油

宜入新春未是春，残笺宿墨隔年人。
屠苏已禁浮三白，生菜犹能簇五辛。
望断梅花无信息，看他桃偶长精神。
老夫亦有闲筹算，吃饭天天吃半斤。

七十一岁

七十一岁弹指耳，苍苍来径已模糊。
深居未厌新感觉，老学闲抄旧读书。
百镒难求罪己诏，一钱不值升官图。
元宵节也休空过，尚有风鸡酒一壶。

此二诗亦可与极熟人一看，相视抚掌，不宜扩散，尤不可令新

① 范用（一九二三—二〇一〇），原名范鹤镛，曾用名大用，笔名叶雨，祖籍浙江镇海，生于江苏镇江。曾任人民出版社副社长、生活·读书·新知三联书店总经理。

入升官图的桃偶辈得知。不过你似也没有官场朋友，可无虑也。

风鸡（我所自制）及加饭一坛，已提前与二闲汉缴销了，今年生日（正月十五）只好吃奶油蛋糕矣。

稻香村亦有糟蛋卖，味道尚可，但较干，似是浙江所产，较叙府产者差矣。叙府糟蛋是稀糊糊的，糟味亦较浓。

春暖，或当趋候。即颂

元宵佳胜！

弟曾祺　顿首

星期二

二

（一九九二年一月十五日）

岁交春

不觉七旬过二矣，何期幸遇岁交春。
鸡豚早办须兼味，生菜偏宜簇五辛。
薄禄何如饼在手，浮名得似酒盈樽。
寻常一饱增惭愧，待看沿河柳色新。

岁交春一首呈范夫子一笑

汪曾祺
一九九二年一月

三

（一九九二年六月二十八日）

范用同志：

近读《水浒》一过，随手写了一些诗，录奉一笑。这样写下去，可写几百首。

曾祺　顿首

六月二十八日

读《水浒传》诗

街前紫石净无瑕，血染芳魂怨落花。
丽质天生难自弃，岂堪闭户弄琵琶。

潘金莲

六月初三下大雪，王婆卖得一杯茶。
平生第一修行事，不许高墙碍杏花。

王婆

凤凰踏碎玉玲珑，发髻穿心一点红。
乞得赦书真浪子，吹箫直出五云中。

燕青

枉教人称豹子头，忍随俗吏打军州。
当年风雪山神庙，弹泪频磨丈八矛。

林冲

桃脸佳人一丈青，如何屈杀嫁王英。
宋江有意摧春色，异代千年怨不平。

扈三娘

寿张县里静无哗，游戏何妨乔作衙。
非是是非凭我断，到来不吃一杯茶。

李逵

五台山上剃光头，一点胡髭也不留。
放火杀人难掐数，忽闻潮信即归休。

鲁智深

致范泉[1]

（一九九一年六月十七日）

范泉先生：

捧接来书，真同隔世。你历尽坎坷，重返故地，仍理旧业，从来信行文及字迹看，流利秀雅，知身心并甚健康，深可欣慰。承嘱为文谈老年心态，自当如命，但恨只能作泛泛之谈，无深意耳。

糊里糊涂，就老了。不知道从什么时候起，别人对我的称呼从“老汪”变成了“汪老”。老态之一，是记性不好。初见生人，经人介绍，很热情地握手，转脸就忘了此人叫什么。有的朋友见过不止一次，一起开会交谈，却怎么也想不起该怎么称呼。有时接到电话，订了约会，自以为是记住了，但却忘得一干二净。但是一些旧事，包括细节，却又记得十分清楚。这是老人“十悖”之一，上了岁数，都是这样。另外一方面，又还不怎么显老，眼睛还不老。人老，首先老在眼睛上。老人眼睛没神，眼睛是空的，说明他已经失去思想的敏锐性，他的思想集中不起来。我自觉还不是这样。前几年《三月风》杂志请丁聪为我画了一张漫画头像，让我写几句话作为像赞，写了四句诗：

近事模糊远事真，双眸犹幸未全昏。

衰年变法谈何易，唱罢莲花又一春。

---

① 范泉（一九一六—二〇〇〇），江苏金山（今属上海）人。学者，编辑家。

人总要老的，但要尽量使自己老得慢一些。

要使自己老得慢一点，首先要保持思想的年轻，不要僵化。重要的、甚至是惟一的方法，是和年轻人多接触。今年五月，我给青年诗人魏志远的小说集写了一篇序，说：

> 去年下半年，我为几个青年作家写过序，读了一些他们的作品。每一次都是一次新的经验，都是对我的衰老的一次冲击，对我这盆奇形怪状的老盆景下了一场雨。
>
> ……
>
> 志远这样的作家是不需要“导师”的（志远是我在鲁迅文学院所带的研究生，我算是他的导师），谁也不能指导他什么。任何一个作家都不需要什么导师。我不是志远的导师，是朋友。因为年辈的相差，可以说是忘年交。凡上岁数的作家，都应该多有几个忘年交。相交忘年，不是为了去指导，而是去接受指导，或者，说得婉转一点，是接受影响，得到启发。这是遏制衰老的惟一办法。

我说的是实实在在的话，不是矫情。但这对一些人是不适用的。

要长葆思想的活泼，得常用。太原晋祠有泉曰“难老”，有亭，亭中有小竖匾，匾是傅青主所写，曰“永锡难老”。泉水所以难老，因为流动。人的思想也是这样，常用，则灵活敏捷；老不用，就会迟钝甚至痴呆。用思想，最好的办法是写文章。平常想一些事情，想想也就过去了。倘要落笔写成文章，就得再多想想，使自己的思想合逻辑，有条理，同时也会发现这件事所蕴藏的更丰富的意义。为写文章，尤其是散文，就要读一点书。平常读书，稍有发现，常常是看过也就算了。到要写一点什么，就不同了。朱光潜先生说为写文章而读书，会读得更细致，更深入，这是经验之谈。文章越写越有，老不写，就没有。庄稼人学种地，老人们常说“力气越用越有”，写文章也是这样。带着问题读书，常常会旁及有关的材料。最近重读《阅微草堂笔记》，原来是为印证鲁迅对此书的评价（我曾经认为鲁迅的评价偏高），却从书中发现纪晓岚的父亲纪姚安是个非常有意思的人，他的思想非常通达，因写了一篇散文《纪姚安的议论》，这是原先没有想到的。我因此又对乾嘉之际的学者的思想产生兴趣，很想读一读戴东原、俞理初的书，写文章引起读书的兴趣，这是最大的收获。写作最好养成习惯。老舍先生说他有得写没得写，一天至少要写五百字，因此直到后来，笔下仍极矫健。一个作家，在写作的时候，是生命状态最充盈、最饱满的时候，也是最快乐的时候。孙犁同志说写作是他的最好的休息，我有同感。笔耕不辍，乃长寿之道。只是老人写作，譬如登山，不能跑得过猛。像年轻人那样，不分日夜，一口气干出万把字，那是不行的。

一个弄文学的人，倘不愿速老，最好能搞一点现代主义，接受一点西方的影响。上个月，应台湾《联合日报副刊》之邀，写了一篇小文章。文章小，题目却大：《二十一世纪的文学》。我认为本世纪中国文学，颠来倒去，无非是两个方向的问题：一个是现实主义与现代主义的问题；一个是继承民族传统与接受外来影响的问题。前几年，在北京市作协举行的讨论我的小说的座谈会上，我于会议将结束时作了一个简短的发言，题目是《回到现实主义，回到民族传统》，好像这是我的文学主张。所以说“回到”，是因为我年轻时接受过西方现代派的影响（范泉先生大概还记得我在《文艺复兴》和《文艺春秋》上发表的那些作品）。经过一段时间的磨炼，我觉得现实主义是仍有生命力的；一个人，不能脱离自己本土的文化传统，否则就会变成无国籍的“悬空的人”——我曾用这题目写过一篇散文，记几个美国黑人学者的心态，他们的没有自己的文化、没有历史的深刻的悲哀。所谓“祖国”，很重要的成分是祖国的文化。为了怕引起误会，我后来在别的文章里做了一点补充：我所说的现实主义是能容纳一切流派的现实主义；我所说的民族文化传统是不排斥外来影响的文化传统。现实主义和现代主义是可以融合的；民族文化和外来影响也并不矛盾，它们之间并非泾渭分明，作家也不必不归杨则归墨，在一棵树上吊死。二十一世纪的文学，可能是既是更加现实主义的，也是更加现代主义的；既有更浓厚的民族传统色彩，也有更鲜明的西方文学的影响。针对中国大陆文学的现状，我以为目前有强调对现代主义、西方影响更加开放的必要。人体需要接受一点刺激，促进新陈代谢。现实主义如果不吸收现代主义，就会衰老、干枯，成为木化石。

“衰年变法谈何易”，变法，我是想过的。怎么变，写那首诗时还没有比较清晰的想法，现在比较清楚了：我得回过头来，在作品里溶入更多的现代主义。

不一定每篇作品都是这样。有时是受所表现的生活所制约的。比如我写的《天鹅之死》，时空交错，有点现代派；最近为《中国作家》写的《小芳》，就写得很平实，初看，看不出有什么现代派的影子。说要融入更多的现代主义只是一个主观追求的倾向。

现实主义和现代主义都是一个宽泛的概念，作家不要自我设限，如孔夫子所说：“今汝画。”

路漫漫其修远兮，吾将上下而求索。

给我看过相的都说我能长寿。有一位素不相识的退休司机在一个小酒馆里自荐给我看一相，断言我能活九十岁。我今年七十一，还能活多久，未可知也。我是希望能多活几年的，我要多看看，看着世界的变化，国家的变化，文学的变化。

一九九一年六月十七日

致萌娘[①]

（一九九一年十一月二十四日）

萌娘：

我去浙江温州、永嘉逛了一趟。十月二十九去的，十一月九号回京。你十月二十七日写的信，我回来才看到。回京后又赶了两篇稿子。复信稍迟，甚歉。

我看到你的散文，是去年《人民文学》去年八、九月合刊上的《钟》。我觉得这是一大堆乱七八糟的人工塑料花当中的一枝带着露珠的鲜花，一枝百合花，一枝真花。我对几个人说过，这期《人民文学》只有一篇可看。我很奇怪，刘白羽怎么会发了这样一篇散文呢？我的话传开了，有些人就找了这期《人民文学》来看，同意我的看法。我没有写文章指名道姓提到你的散文。但是我在我的散文集《蒲桥集》再版后记里说："我对新潮或现代派说了一些不免轻薄的话……最近我看了两位青年作家的散文，很凑巧，两位都是女的，她们的散文，一个是用意识流的方法写的，一个受了日本新感觉派的影响，都是新潮，而且都写得不错。这真是活报应。""用意识流方法写的"，指的就是你的散文。

后来我在天津和哈尔滨的刊物又看到你的两篇散文，都好。真诚而清秀。我为中国有一个这样的女作家而高兴。

我没想到你听过我的课。早知道你来听课，我应该讲得更好一

① 萌娘，生于一九五六年，哈尔滨人。作家，编辑。

些。我有这样一个女学生，很高兴！

我没有你们的毕业和开学典礼的照片。我一向不保存团体照，而且鲁迅文学院好像也没有给过我。但我在刊物看过你的照片，是黑白的。不大清楚，但可以“感觉”。你瘦瘦小小的，人如其文。

我想你的家庭生活大概是幸福的。上帝保佑你！

你就这样写下去吧。建议你看一点曼斯菲儿特和芙金尼沃尔夫的作品。

我挺好。七十一了，精神挺足，每天都还能写一点东西。

你什么时候出集子，让我看看。

问你的先生和公子好！

汪曾祺

十一月二十四日

致黄伟经[1]

（一九九一年十二月二十五日）

伟经先生：

惠函敬悉。

寄稿一篇，想不会给刊物惹出麻烦，因为写得还含蓄。

敝处电话改成了程控（七位数），7223874。

如不堪用，望掷还，因我未留底稿。

即候

年安！

汪曾祺

十二月二十五日

① 黄伟经（一九三二—二〇一九），广东梅州人。时任花城出版社《随笔》杂志主编。

致古剑[1]

（一九九二年十一月五日）

古剑兄：

信悉。

我的字画没有卖过钱（以后是否卖钱，再说），从未定过润格。香港作家如愿要我的字画，可通过你来索取，但要你认为索字画者不俗。

《文廊》字写好。可以不用署名。我怕万一刘名要署名，乃署了一个。不用，即可裁去。你要我介绍名作家写刊头，我简直想不出。端木蕻良字写得不错。李準字是“唬人”的，但还算可以。邵燕祥字颇清秀。上海的王小鹰能画画，字不知写得如何。贾平凹字尚可。贵州的何士光的字似还像字。王蒙的字不像个字，但请他写，他会欣然命笔。我觉得此事颇难。一是作家字写得好的很少；二是作家中谁知道刘名是何许人也？凭刘之名，想约大陆作家为之题刊头，恐难。欲通过你约，亦难，因为你认识的“内地”作家而能写字者亦不甚多。我看只有一法，高稿酬。重赏之下，或有勇

---

① 古剑，生于一九三九年，祖籍泉州，一九七四年至香港。历任《新报》、《东方日报》、《华侨日报》副刊编辑，《良友画报》、《文学世纪》主编。

夫。此事你可商之沙叶新，问他有办法没有。

即候

著安

曾祺　顿首

十一月五日

致舒非[1]

（一九九三年一月九日）

舒非：

《我家的月亮特别大》、12 月 10 日信及转来张文达的文章均收到，勿念。

《我家的月亮特别大》正如张文所说，“甚是可读”。我没有“不满意”。张文达公对你的文章很难说是批评，你上回写我，是“侧写”，这回是“掠影”，写法不同，比较起来，前一篇可能给人印象更深一些。

我对别人写我的文章不太重视。一个人被人“写”了，我总觉得有点不好意思。在写我的文章中，到现在为止，我认为你的《侧写》是最好的一篇。辽宁出版社编了一本《撕碎，撕碎，撕碎了是拼合》[2]（中国当代作家面面观），收进了《侧写》。不知道他们寄书给你了没有？应该还有少量的稿费。过两天我写信问问这本书的编者林建法。

你的孩子会好起来的。我看了他的照片，很秀气，比一般的男孩子秀气，而且眼睛很聪明。不要因此而过于焦虑。你说只要孩子快乐就好，这是最好的态度。

《大公报》的稿费，我本已通知陆拂为，叫他有便人到北京时带来，不要再麻烦你，不想报社还是麻烦你了，我真是不安。

---

① 舒非，一九五四年生于福建鼓浪屿。时任香港三联书店编辑。

② 应为《撕碎，撕碎，撕碎了是拼接》。

人民文学出版社出了《中国当代作家选集丛书·汪曾祺》（这个书名真不好听！）。我见到了样书，订购的书尚未到。到后，当寄你。人民大学出版社编了我的小品集，原订合同说 1992 年年底出书，至今未见。我为陕西、辽宁各编了一本随笔和散文，为浙江编了一本写我的家乡的小说集，大概都得到第二季度才能上市。如尚可读，当奉寄。

北京一冬无雨雪，天也不冷。昨天下了一场雪，雪花不大，而甚密，天也骤冷起来。这场雪很好，对农作物，对人都有好处。香港是见不到雪的，什么时候，冬天，你到北方来看看，到东北看看，“树挂”，那是很好看的。

曾祺

一月九日

致戎文凤[1]

（一九九三年五月三十日）

戎文凤市长：

我三年前回高邮时曾向市里打报告请求将当时为造纸厂占用、本属于我和堂弟汪曾炜名下的臭河边的房屋归还我们，迄今未见落实。这所房屋是我家分家时分给我和汪曾炜的房产。土改时我和曾炜都在外地，属职员成份。此房不应由他人长期占用。

近闻高邮来人云，造纸厂因经济效益差，准备停产。归还我们的房屋，此其时矣。我们希望房管局落实政策，不要再另生枝节，将此房转租，另作他用。

曾祺老矣，犹冀有机会回乡，写一点有关家乡的作品，希望能有一枝之栖。区区愿望，竟如此难偿乎？

即致

敬礼！

汪曾祺

一九九三年五月三十日

① 戎文凤，生于一九五〇年，江苏高邮人。时任高邮市人民政府市长。

致刘琛[①]

一

（一九九五年五月二十五日）

琛子：

昨天收到来信，很高兴。

你要写我，我当然同意，欣然同意。但是我不知道你怎么写。我有什么可写的呢？我看了不少篇写我的印象记之类的文章，说来说去无非是那几句话，而且是互相转抄，实在没有多大意思。看完了，我都随手置之，不保留（有的作家是很在乎别人怎么写他的）。希望你能别出心裁，说出点未经人道的话。你写吧，我相信你能写好。

为了配合你的文章，我也许会给《作品》一篇小说（或寄给你，由你过目后转给他们）。我有一篇短小说被《辽宁日报》拿去，我叫他们寄一份复印样给我。辽宁、广东，一北一南，一稿两寄想来关系不大。我正在酝酿另一篇小说，写成了，也许把这篇寄给你。

我的肝病似有好转。最近在吃一种奇怪的东西，——蚂蚁。我前到中医院看了一次，拿回三十付中药。现在一天到晚吃药。我的肝病无症状，倒是疝气影响行动，小肠随时会"出溜"下来。因此

① 刘琛，一九六七年生，时任广州白马广告有限公司总监助理。

我谢绝一切活动，在家静养。

看你的信，似乎活得还挺来劲。能到三亚这种地方去做广告，证明并不消沉。你还能疯，这很好。

你还是那样吗？站立，走动是不是还是两边晃？

我很想你。

北京天气很热，最高温度是30℃，比广东还高。老不下雨，真奇怪。

上帝保佑你！

曾祺 五月二十五日

施阿姨附笔问候

二

（一九九五年十月二十七日）

琛子：

信及《作品》都收到。在此之前，《作品》编辑部已将刊物2本，稿费200元（《窥浴》160，画40）寄给我，便中可转告他们一声。

《窥浴》曾为《沈阳日报》拿去，主编不敢用，这很好，我干嘛要到沈阳这样的土地方去发表一篇东西！

你写老疯子的文章很流畅，但我不太满意，对我的思想性格写得不深。这也难怪，我们接触得还不太多，你又是比较外向的人，不大会深思。这样也好，感觉到多少说多少，不像一些访问我的记者，浅浅地接触，但玩深沉。以后有机会咱们再略作深谈，我愿意让你把我“穿刺”一番。你还是一块料，不过得打磨打磨，能够知人论世，不要只是写广告。

老伴说，《作品》把她的名字排成了“施格卿”，有关海！

我 29 日到温州去一趟，约 10 日即回，以后再联系。

匆问近好

老疯子

十月二十七日

汪曾祺年表

1920年3月5日（农历正月十五）

生于江苏省高邮县（今高邮市）县城一个旧式地主家庭。祖父汪嘉勲是清朝末科的“拔贡”。父亲汪菊生，字淡如，中学毕业后在家，性情随和，多才多艺，对汪曾祺的影响很深。

1923年（三岁）

生母杨氏死于肺病。

1926年（六岁）

进高邮县立第五小学读书。

1932年（十二岁）

7月从五小毕业，9月入高邮县立初中读书。

1935年（十五岁）

初中毕业，同年9月考入江阴县（今江阴市）南菁中学读高中。

1937年—1939年（十七—十九岁）

1937年7月7日抗日战争全面爆发。7月离开南菁中学回家度暑假，不久江阴即沦陷，无法回校继续读书。此后两年中先后在淮安中学、江苏省立第二临时中学（在盐城）、私立扬州中学（迁至高邮）辗转“借读”。因为日寇逼近，时读时辍，大部分时间过着“逃难”生活。

1939年（十九岁）

夏天由上海转道香港、越南至昆明，以第一志愿考入西南联合大学中文系。

大学期间，老师中有三位优秀的五四作家：沈从文、闻一多、朱自清。对汪曾祺影响最大的是沈从文。他在西南联大开的三门课：“各体文习作”“创作实习”“中国小说史”，汪曾祺都选了。同学之中，有后来成为著名语言学家的朱德熙、李荣和以写作《未央歌》《人子》等作品闻名于台湾的作家鹿桥等人。

1941年（二十一岁）

与同学合办校园刊物《文聚》，并在第一、第二合期上刊登小说《待车》。此后，不断在刊物上发表小说、散文、诗歌等，所用笔名有“曾祺”“西门鱼”。1949年以后，改以“曾歧”“曾芪”等笔名。

1943年（二十三岁）

本应于这一年大学毕业。但是由于未参加必修课体育和大二英语的考试而不能毕业，留校补修课程。

1944年（二十四岁）

这一年补习课程合格，但当局征调应届毕业生充当美军翻译，否则作开除论处。汪曾祺没有应征，故仍未取得西南联大毕业证书，只算肄业。

1945年（二十五岁）

1月离开西南联大，来到昆明由联大同学开办的私立中国建设中学任教。学校先是在白马坡，后迁至观音寺。此时施松卿也在建设中学任教，两人接触逐渐增多。同年8月，日本投降，抗战结束，汪曾祺因回家路费无着，继续滞留昆明。这一阶段，完成小说《职业》初稿，以及《小学校的钟声》《老鲁》等小说，当时无处发表，后来由沈从文推荐给郑振铎在上海主办的《文艺复兴》杂志发表。

1946年（二十六岁）

7月离开昆明，经越南、香港转赴上海。由于没有大学毕业文凭，难以找到合适工作，先是在同学朱德熙的母亲家闲住，后经沈从文向李健吾推荐，9月间由李健吾介绍到私立致远中学任中文教员。

这一期间继续写作小说、散文，在《文艺复兴》第一卷第四期上发表以意识流手法写作的存在主义小说《复仇》。

1947年（二十七岁）

这一年发表作品较多。

4月，《老鲁》刊登于《文艺复兴》第三卷第二期。

8月，《绿猫》刊登于《文艺春秋》第五卷第二期。

9月，《牙疼》刊登于京派文学刊物《文学杂志》第二卷第四期。

10月，《戴车匠》刊登于《文学杂志》第二卷第五期；《囚犯》刊登于《人世间》复刊第七期。

11月，《落魄》刊登于《文讯》第七卷第五期。

1948年（二十八岁）

因施松卿上一年从老家福建到北京大学任英文系助教，3月离开上海转赴北京。在北京大学闲居两个月后，5月到北京历史博物馆工作。

3月，《异秉》刊登于《文学杂志》第二卷第十期；《鸡鸭名家》刊登于《文艺春秋》第六卷第三期。

5月，《三叶虫与剑兰花》刊登于《文艺工作》第一期。

第一本作品选集《邂逅集》由上海文化生活出版社出版。

1949年（二十九岁）

1月，中国人民解放军进入北平，北平宣告和平解放。

春，与施松卿结婚。

3月，报名参加中国人民解放军第四野战军南下工作团，5月离京南下到武汉，5月至8月留在武汉文教局，接管了几个学校。9月被派往汉口第二女中任副教导主任。

1950年（三十岁）

7月，离开武汉回到北京，在北京市文联工作，在《北京文艺》

杂志任编辑。

1954年（三十四岁）

创作京剧剧本《范进中举》，刊登于1955年《剧本》增刊。后在1956年获北京市戏剧调演剧本一等奖。

1955年（三十五岁）

2月，调至中国民间文艺研究会，任《民间文学》杂志编辑。

整理评书《程咬金卖柴筢》等。

1956年（三十六岁）

写作散文《冬天的树》《下水道和孩子们》等。

1957年（三十七岁）

发表散文诗《早春》、散文《国子监》等一些作品。

因在单位的黑板报上的一篇文章提出人事安排能否征求党外人士的意见，在反右运动中遭到批判。

1958年（三十八岁）

夏秋之际在文联系统整风复查中被划为一般右派，撤销职务，连降三级，10月下放到河北省张家口农业科学研究所劳动改造。

1960年（四十岁）

10月，摘掉右派帽子，因没有单位接收，继续留在农业科学研究所。主要工作是画了两部图谱：《中国马铃薯图谱》和《中国口蘑图谱》。但都没有出版，“文化大革命”中两部图谱的手稿在农科所都被毁掉了。

1962年（四十二岁）

1月，调回北京，任北京京剧团（后改名为北京京剧院）编剧，直至离休。

根据在农科所的生活经历创作短篇小说《羊舍一夕》，经调查后在《人民文学》杂志上发表。这是汪曾祺解放后发表的第一篇小说。以后，又连续发表了《看水》和《王全》两篇短篇小说，均以农科所为背景。

创作京剧剧本《王昭君》（由李世济演出），《凌烟阁》（未演出）。

1963年（四十三岁）

小说集《羊舍的夜晚》由中国少年儿童出版社出版，集中收录了上述三篇小说，共四万字左右。这是汪曾祺解放后出版的第一部作品集。

创作京剧《小翠》（与薛恩厚合作。当时未演出，“文革”后改名为《狐仙小翠》，由中国评剧院上演逾百场）。

冬天，接受江青指派的任务，与杨毓岷、肖甲、薛恩厚一道，将文牧原著的沪剧《芦荡火种》改编为现代京剧。京剧剧名最初叫《地下联络员》，江青看过彩排后很不满意，下令重新改编。

1964年（四十四岁）

《地下联络员》二稿改用沪剧原名《芦荡火种》，并参加了当年举行的全国京剧现代戏观摩演出。毛泽东看过后提出具体修改意见，并指出戏名可改为《沙家浜》或《芦苇荡》。

1965年（四十五岁）

《沙家浜》改定并正式演出，剧本于1966年由北京出版社出版。参加现代京剧《红岩》的编剧工作。

1966年—1976年（四十六岁—五十六岁）

1966年6月起"文革"开始，不久即以"摘帽右派"和"资产阶级反动学术权威"的罪名被关进"牛棚"，接受批斗，参加扛煤等"劳动改造"。

1968年6月，因江青需要创作修改"样板戏"，下令解放汪曾祺，让其继续从事编剧工作，但要求"控制使用"。

1970年5月，参加《沙家浜》剧本定稿工作。以后还参与了京剧《杜鹃山》的编剧工作。

此外，还参与了许多京剧剧本的编剧工作，如《山城旭日》《草原烽火》《敌后武工队》《平原游击队》等，全部奉命行事，基本徒劳无功，直至"文革"结束。

1977年（五十七岁）

由于"文化大革命"中的特殊经历，在许多人都已"解放"之时，汪曾祺仍在接受审查。

1978年（五十八岁）

小说《骑兵列传》在《人民文学》杂志上发表。这是汪曾祺“文革”后发表的第一篇小说。

12月，中共中央十一届三中全会召开。

1980年（六十岁）

1月，写成小说《塞下人物记》，发表于当年《北京文艺》9月号。

5月，重写旧作《异秉》。

8月，写成小说《受戒》，发表于当年10月号的《北京文艺》，并获该年度北京文学奖。

8月下旬，写成小说《岁寒三友》。

12月，写成小说《寂寞与温暖》。

随着一批文学作品的问世，在中国文坛上重新引起人们注意。

1981年（六十一岁）

1月，《异秉》在《雨花》杂志发表。

2月，写作小说《大淖记事》，在《北京文学》4月号上发表，并被《小说月报》《新华月报》等杂志转载。这一作品获得1981年度全国优秀小说奖和北京文学奖。

发表的作品主要还有：

小说《岁寒三友》，《十月》第三期。

《鸡毛》，《文汇月刊》9月号。

《徙》，《北京文学》10月号。

《七里茶坊》，《收获》第五期。

文论《沈从文和他的〈边城〉》，《芙蓉》第二期，后获芙蓉文学奖。

散文《关于葡萄》，《安徽文学》12月号。

10月，应高邮县人民政府的邀请回乡访问，这是汪曾祺自1939年离家之后第一次回到故乡。

1982年（六十二岁）

《汪曾祺短篇小说选》由北京出版社出版。

发表作品主要有：

小说《晚饭花》，《十月》第一期。

《皮凤三楦房子》，《上海文学》3月号。

《王四海的黄昏》，《小说界》第二期。

《钓人的孩子》，《海燕》4月号。

《鉴赏家》，《北京文学》5月号。

散文《旅途杂记》，《新观察》第十四期。

文论《小说笔谈》，《天津文艺》第一期。

《〈大淖记事〉是怎样写出来的》，《读书》8月号。

新编历史剧《擂鼓战金山》，《北京剧作》1月号。

1983年（六十三岁）

作品首次被介绍到台湾，《文季》第三期转登小说《黄油烙饼》。

发表作品主要有：

小说《八千岁》，《人民文学》2月号。

《星期天》，《上海文学》9月号。

《故里三陈》，《人民文学》9月号。

《云致秋行状》，《北京文学》11月号。

散文《天山行色》，《北京文学》1月号。

《桃花源记》《岳阳楼记》（湘行二记），《芙蓉》第四期。

《菏泽游记》，《北京文学》11月号。

文论《美学感情的需要和社会效果》，《文谭》第一期。

《回到现实主义，回到民族传统》，《新疆文学》2月号。

《小说技巧常谈》，《芙蓉》第四期。

这一年，关于汪曾祺作品的评论开始增多。

1984年（六十四岁）

发表的主要作品有：

小说《金冬心》，《现代作家》2月号。

《日规》，《雨花》9月号。

《昙花、鹤和鬼火》，《东方少年》第一期。

散文《翠湖心影》，《滇池》8月号。

《泡茶馆》，《滇池》9月号。

《昆明的雨》，《北京文学》10月号。

《沈从文的寂寞》，《读书》8月号。

文论《谈谈风俗画》，《钟山》第三期。

《漫评〈烟壶〉》，《文艺报》第四期。

《谈风格》，《文学时报》第六期。

1985年（六十五岁）

小说集《晚饭花集》由人民文学出版社出版。

发表的作品主要有：

小说《拟故事两篇》，《中国作家》第四期。

《讲用》，《大西南文学》9月号。

散文《跑警报》，《滇池》3月号。

《故乡水》，《中国》第二期。

文论《人之所以为人——读〈棋王〉笔记》，《光明日报》3月21日。

京剧剧本《裘盛戎》，《新剧本》第三期。

在中国作家协会第四届会员代表大会上当选为理事。

10月，随中国作协代表团访问香港。

1986年（六十六岁）

发表的作品主要有：

小说《安乐居》，《北京晚报》10月连载。

《桥边小说（三篇）》，《收获》第二期。

《虐猫》，《北京晚报》6月10日。

《八月骄阳》，《人民文学》9月号。

散文《昆明的果品》，《滇池》4月号。

《沈从文先生在西南联大》，《人民文学》5月号。

《故乡的食物》，《雨花》5月号。后获《雨花》“双沟文学奖”。

文论《从哀愁到沉郁》，《文学自由谈》第二期。

《小小说是什么》，《文艺学习》第三期。

《用韵文想》，《剧本》第三期，后获北京市一九八六年度艺术评论奖。

京剧剧本《一捧雪》，《新剧本》第五期。

秋季再回故乡高邮。被聘为高邮县文联名誉主席。

加入中国共产党。

1987年（六十七岁）

5月，台湾《联合文学》第31期刊出《汪曾祺作品选》。

台湾新地出版社出版汪曾祺在台湾的第一部小说选集《寂寞和温暖》。

漓江出版社出版《汪曾祺自选集》，收录了诗歌、散文和小说各类作品。

发表作品主要有：

散文《金岳霖先生》，《读书》第五期。

《滇南草木状》，《滇池》8月号。

文论《林斤澜的矮凳桥》，《文艺报》1月31日。

9月，赴美国爱荷华，参加为期三个月的国际写作计划。其间开始创作系列小说“聊斋新义”，次年陆续发表。被爱荷华大学聘为荣誉研究员。

12月，被聘为北京市艺术职务系列高级职务评审委员会委员，参加一、二级艺术人员职务任职资格评审工作。

被聘为北京京剧院艺术咨询委员会委员。

1988年（六十八岁）

第一部文论集《晚翠文谈》由浙江文艺出版社出版。

小说集《茱萸集》由台湾联合出版社出版。

9月底，《北京文学》杂志社举办“汪曾祺作品研讨会”，次年1月，《北京文学》与台湾《联合文学》同步刊出会议记录“来自大地的声音——汪曾祺作品探索”专辑。

发表作品主要有：

小说“聊斋新义”——《瑞云》《黄英》《蛐蛐》《石清虚》，《人民文学》3月号；

《陆判》，《滇池》5月号；

《画壁》，《北京文学》8月号。

散文《林肯的鼻子》，《散文世界》4月号。

《星斗其人，赤子其人》，《人民文学》8月号。

《自报家门》，《作家》8月号，后获第三届《作家》奖。

《吴大和尚和七拳半》，《人民日报》12月7日，后获该报散文征文一等奖。

文论《〈到黑夜我想你没办法〉读后》，《北京文学》6月号。

《漫话作家的责任感》，《文学自由谈》，第五期。

《字的灾难》，《光明日报》6月5日。

担任美孚飞马文学奖评委。

被聘为文汇文艺奖评委。

1989年（六十九岁）

第一部散文集《蒲桥集》由作家出版社出版。

法文版小说集《受戒》由《中国文学》杂志社出版。

发表作品主要有：

小说“聊斋新义”——《双灯》，《上海文学》1月号；

《捕快张三》《同梦》，《小说家》第六期。

《荷兰奶牛肉》，《钟山》第二期。

散文《我的解放》，《东方纪事》第一期。

《四方食事》，《中国文化》创刊号。

文论《认识到和没有认识到的自己》，《北京文学》1月号。

《中国戏曲和小说的血缘关系》，《人民文学》8月号。

剧本《大劈棺》，《人民文学》8月号。

1990年（七十岁）

英文版小说集《晚饭后的故事》由《中国文学》杂志社出版。

发表作品主要有：

散文《皖南一到》，《花城》第二期。

《七十书怀》，《现代作家》第五期。

《食道旧寻》，《中国烹饪》11月号。

1991年（七十一岁）

发表作品主要有：

小说《迟开的玫瑰或胡闹》，《香港文学》第一期。

《小芳》，《中国作家》第五期，后获《中国作家》

1991～1992年度优秀短篇小说奖。

散文《多年父子成兄弟》，《福建文学》1月号。

《随遇而安》，《收获》第二期。

《烟赋》，《十月》第四期。

1992年（七十二岁）

散文集《旅食集》由广东旅游出版社出版。

《汪曾祺小品》由中国人民大学出版社出版。

《中国当代作家选集丛书·汪曾祺》由人民文学出版社出版。

发表作品主要有：

小说《老虎吃错人》《人变老虎》《小说林》第一期。

《樟柳神》《明白官》《牛飞》《上海文学》1月号。

散文《泰山片石》，《绿叶》创刊号。

《遥寄爱荷华》，《中华儿女》第二期。

《故乡的野菜》，《钟山》第三期。

戏剧小品《讲用》，《新剧本》，第六期。

1993年（七十三岁）

小说集《菰蒲深处》由浙江文艺出版社出版。

五卷本《汪曾祺文集》由江苏文艺出版社出版。

随笔集《老学闲抄》由陕西人民出版社出版（初版时书名为《中国当代名人随笔——汪曾祺卷》）。

散文集《榆树村杂记》由中国华侨出版社出版。

发表作品主要有：

小说《护秋》《尴尬》《收获》第一期。

《鲍团长》，《小说家》第二期。

《黄开榜的一家》，《精品》创刊号。

散文《样板戏谈往》，《长城》第一期。

《食豆饮水斋闲笔》，《长城》第二期。

文论《又读边城》，《读书》1月号。

《当代散文大系总序》，《当代作家评论》第一期。

1994年（七十四岁）

散文集《塔上随笔》由群众出版社出版。

《异秉——汪曾祺人生小说选》，由甘肃文艺出版社出版。

发表作品主要有：

小说《卖眼镜的宝应人》，《中国作家》第二期。

《辜家豆腐店的女儿》，《收获》第三期。

散文《七载云烟》，《中国作家》第四期。

《夏天》《一技》，《大家》第六期。

文论《使这个世界更诗化》，《读书》10月号。

1月8日，台湾《中国时报》主办为期一周的“从一九四〇到一九九〇——两岸三边华文小说研讨会”，汪曾祺以衔接四十年代的重要小说家身份应邀赴台与会。

1995年（七十五岁）

发表作品主要有：

小说《鹿井丹泉》，《上海文学》7月号。

《喜神》《丑脸》，《收获》第四期。

《水蛇腰》，《中国作家》第四期，后获《中国作家》小小说征文佳作奖。

散文《草巷口》《雨花》1月号。

《难得最是得从容》，《新剧本》第六期。

1996年（七十六岁）

自传体散文集《逝水》由中国青年出版社出版。

小说集《矮纸集》由长江文艺出版社出版。

散文集《独坐小品》由宁夏人民出版社出版。

《汪曾祺散文选集》由百花文艺出版社出版。

散文集《五味集》由台湾幼狮文化出版公司出版。

发表作品主要有：

小说《名士和狐仙》，《大家》第二期。

《关老爷》，《小说界》，第三期。

《唐门三杰》《死了》，《天涯》第四期。

散文《晚翠园曲会》，《当代人》第五期。

《北京的秋花》，《北京晚报》10月28日。

出任世界福州十邑同乡会主办“冰心文学奖”决审委员。

12月，中国作家协会第五届第一次全会决定汪曾祺为中国作家协会顾问。

1997年（七十七岁）

《中国当代才子书——汪曾祺卷》由长江文艺出版社出版。

小说散文集《去年属马》由北京燕山出版社出版。

发表作品主要有：

小说当代野人系列三篇——《三列马》《大尾巴猫》《去年属马》，《小说》第一期。

散文《四时佳兴》一组，《南方周末》1月至5月。

《林斤澜！哈哈哈哈……》，《时代文学》，第二期。

《万寿宫丁丁响》，《芙蓉》第二期。

《铁凝印象》，《北京晚报》6月16日。

5月16日因消化道大出血在北京逝世。

（汪朗、汪明、汪朝　编）